16	3	2	13
5	10	11	8
9	6	7	12
4	15	14	1

Texto de **Jorge Araújo**
Desenhos de **Pedro Sousa Pereira**

CINCO BALAS
CONTRA A AMÉRICA

editora■34

EDITORA 34

Editora 34 Ltda.
Rua Hungria, 592 Jardim Europa CEP 01455-000
São Paulo - SP Brasil Tel/Fax (11) 3816-6777 www.editora34.com.br

Copyright © Editora 34 Ltda. (edição brasileira), 2008
Cinco balas contra a América © 2006, Jorge Araújo (texto),
 Pedro Sousa Pereira (ilustrações) e Oficina do Livro

A FOTOCÓPIA DE QUALQUER FOLHA DESTE LIVRO É ILEGAL E CONFIGURA UMA
APROPRIAÇÃO INDEVIDA DOS DIREITOS INTELECTUAIS E PATRIMONIAIS DO AUTOR.

Capa, projeto gráfico e editoração eletrônica:
Bracher & Malta Produção Gráfica

Apêndice didático e adaptação do texto
ao novo Acordo Ortográfico da Lingua Portuguesa:
Sérgio Molina

1ª Edição - 2008

CIP - Brasil. Catalogação-na-Fonte
(Sindicato Nacional dos Editores de Livros, RJ, Brasil)

Araújo, Jorge, 1959-
A689c   Cinco balas contra a América / Jorge
Araújo (texto) e Pedro Sousa Pereira (desenhos)
— São Paulo: Ed. 34, 2008.
168 p.   (Coleção Infanto-Juvenil)

ISBN 978-85-7326-403-6

1. Literatura infanto-juvenil - Portugal.
I. Pereira, Pedro Sousa, 1966-. II. Título. III. Série.

CDD - 869.8P

Obra apoiada pela Direcção-Geral do Livro e das Bibliotecas/ Portugal

CINCO BALAS CONTRA A AMÉRICA

Nota dos editores 7

Bala 1 17
Bala 2 37
Bala 3 59
Bala 4 79
Bala 5 99
Bala perdida 115
Bala final 135

Glossário 143
Mapa-múndi da língua portuguesa 148
O novo Acordo Ortográfico
   da Língua Portuguesa 150

NOTA DOS EDITORES

A história que você vai ler nas próximas páginas se passa em Cabo Verde, próximo à costa ocidental da África, na ilha de São Vicente, uma das dez que compõem esse arquipélago. Seu autor, Jorge Araújo, também nasceu e se criou lá.

Cabo Verde, assim como outros países que no passado foram colônia ou possessão de Portugal, herdou o idioma da ex-metrópole. Oito dessas nações têm hoje o português como língua oficial, integrando a Comunidade de Países de Língua Portuguesa, ou CPLP (ver mapa na p. 148).

Em cada um desses países, no entanto, o português é falado de um jeito diferente. O que, aliás, é muito natural. Basta pensar na variedade de sotaques e vocabulários que a língua apresenta no Brasil, entre regiões, estados, cidades e até bairros. Essa diversidade, que é uma das maiores riquezas do idioma, também aparece nos escritos, na literatura.

Este livro não é exceção. Você logo vai perceber que nele aparecem termos estranhos, como *catraio*, *berma*, *aselha*; algumas expressões engraçadas, como *tirar o pão do sonho* ou *pegar de estaca*; e ainda palavras que você já conhece mas que aparecem com um significado diferente, como *paródia*, *coçado* ou *mantenha*. Para facilitar seu entendimento, acrescentamos nas páginas finais um glossário com uma explicação sucinta. Todas as palavras e expressões que constam nesse glossário aparecem grifadas na primeira vez que aparecem no texto. É provável que em muitos casos você nem precise recorrer a essa ajuda. E mesmo quando pairar a dúvida, poderá tentar descobrir o sentido pelo contexto antes de espiar a "solução da charada". É um jogo gostoso, que reserva suas surpresas.

Outra diferença que você vai notar, e que já deve ter lido em outros livros ou ouvido na televisão ou na fala de alguém, é o uso de *tu* em lugar de *você* como pronome de tratamento. E de maneira geral, um fraseado com outro ritmo, muitas vezes com os termos da frase arranjados de uma forma que não é a mais usual no português do Brasil.

Além dessas variações na estrutura das frases — a sintaxe — e no vocabulário — o léxico —, há outras que dizem respeito à maneira de grafar cada palavra: a ortografia. Por exemplo, em Portugal e nos demais países lusófonos exceto o Brasil, escreve-se *acção, baptizar, adopção*. Por outro lado, certas palavras que no Brasil levam acento ou trema, como *idéia, vôo, tranqüilo*, nos outros sete parceiros de idioma são grafadas *ideia, voo, tranquilo*.

Nos próximos anos, essas e outras pequenas diferenças serão aos poucos eliminadas, à medida que se aplicar o tão falado Acordo Ortográfico da Língua Portuguesa, que foi finalmente ratificado pelo Parlamento de Portugal em maio de 2008. De um lado, as pessoas terão que se acostumar a ler e escrever *ação, batizar, adoção*, enquanto a nós, no Brasil, caberá aceitar a queda do trema e de uns poucos acentos, além de algumas mudanças no emprego do hífen.

Para sua publicação em território brasileiro, o texto de *Cinco balas contra a América* foi adaptado conforme o disposto no Acordo e enriquecido de um apêndice didático, com um breve histórico e um resumo das novas regras. Recorra a ele sempre que você precisar de apoio para entender as mudanças em curso e se habituar a elas. Você logo vai ver que essas regras não são nenhum bicho-de-sete-cabeças, tanto que as mudanças que elas determinam quase não se percebem ao ler o livro.

Por falar nisso, já está mais do que na hora...

Boa leitura!

CINCO BALAS CONTRA A AMÉRICA

Para o Tetse, sempre
Para o Bitunga também
Para o Billy e o Marc
Para a Doskas

Jorge Araújo

Para a Carla, andaluza do Campo de Gibraltar,
  pelo sorriso no fim da guerra
Para a Rita, que é o mundo inteiro
Para o Jorge, porque quem tem um amigo tem tudo
Para ti, Debussy, porque sim

Pedro Sousa Pereira

"Aos olhos daqueles que fundam impérios,
os homens nada mais são do que ferramentas."

Napoleão Bonaparte

BALA 1

Foi Zapata quem recebeu o revólver. Ficou deslumbrado, tão deslumbrado que os seus olhos de pólvora seca dispararam estrelas. Mas, logo, logo, tratou de domesticar a euforia, inspirou *sentido* de autoridade, encheu o peito de um ar de falsa tranquilidade. Tinha de estar concentrado, a missão era de grande responsabilidade.

— E as balas? — perguntou, já com o semblante mais carregado.

O Comandante Zero não respondeu à primeira. Deixou o silêncio demorar, *marinar*, era a sua maneira de o impressionar. De o colocar no seu devido lugar. Aproveitou também o compasso de espera para reabastecer a paz de espírito, bem que precisava, a sua paciência já começava a evaporar-se. E não era caso para menos, a insolência militante de Zapata, a sua mania de importante, eram capazes de tirar do sério até o mais calmo dos monges budistas.

— E as balas? — repetiu Zapata, com palavras pontuadas de ansiedade.

O Comandante Zero passou a palma das mãos pelos cabelos grisalhos, cortados à escovinha, olhou para ele com olhos de filatelista, tirou as medidas da sua irresponsabilidade. Isto de lidar com miúdos era, para ele, uma grande novidade, quem sabe se um tiro no escuro depois de uma carreira sem mácula, repleta de louvores, das mais altas condecorações.

— E as balas? — Zapata continuava a insistir.

O Comandante Zero apertou as balas bem forte na concha das mãos. Voltou a fitar o seu interlocutor de palmo e meio no fundo dos olhos, depois deixou o olhar caminhar, devagar, devagarinho, de cima para baixo, primeiro, de baixo para cima, depois. E registrou na sua memória de velho elefante todos os pormenores relevantes daquele aspirante a guerrilheiro.

Começou pela indumentária — as *calças de ganga deslavadas, coçadas*, cortadas à altura do joelho, a *camisola* de gola alta preta, cavada, apertada, a boina de feltro castanha, estranha, com o crachá do Partido, os chinelos de plástico amarelos, velhos, costurados com um clipe enferrujado. Depois anotou alguns elementos capazes, do seu ponto de vista, de definir os principais traços da sua personalidade — a *carapinha* desgrenhada, farta, a sobrancelha parca, *rasca*, as orelhas enormes, conformes, a barriga saliente, dormente, as pernas arqueadas, maltratadas. E reparou ainda num pingo de suor a desfilar pela fronte luzidia, nos dedos raquíticos a vasculhar as profundezas do nariz de rinoceronte.

Mas, estranhamente, de tudo o que viu, de tudo o que pressentiu, só havia uma coisa que lhe baralhava o juízo, lhe alimentava a desconfiança. Que deixava a sua preocupação em estado de alerta vermelho. Podia parecer um pormenor sem importância, mas para ele era a chave da sua arrogância.

— Nunca confies em alguém que use camisola de gola alta preta. — O aviso de um velho companheiro de trincheira durante a guerra na Guiné acertou-lhe em cheio nos tímpanos.

Para ser sincero, nem ele próprio sabia muito bem o porquê desta desconfiança, o porquê de uma camisola de gola alta preta ser igual a arrogância. Devia certamente ser uma mania como outra qualquer, uma ideia fixa, sei lá, uma obsessão, e a prova disso é que ao longo destes anos todos nunca conseguiu descodificar tão misterioso enigma. Por que gola alta preta e não, por exemplo, verde, branca, vermelha, pensou, por mais de uma vez, para com os seus botões. Mas a verdade é que o alerta não desertou. Ressuscitou, agora em carne e osso, na triste figura de Zapata.

Mesmo assim não podia *arrepiar caminho*, estava a cumprir ordens superiores do Partido, diretivas secretas, rigorosas, emanadas diretamente do Comitê Central e da Frente Superior de Luta. O Comandante Zero sabia, melhor do que ninguém, que depois da vitória na luta armada contra as tropas portuguesas na Guiné a palavra-de-ordem de momento do PAIGC (Partido Africano para a Independência da Guiné e Cabo Verde), no arquipélago, era mobilizar a juventude local para a causa da independência nacional. Foi por isso que o enviaram para a cidade do Mindelo, na ilha de São Vicente, mal as armas se calaram nas matas e arrozais da Guiné, mal se começou a ter a certeza, a mais pequena certeza, de que a revolução ocorrida na Metrópole a 25 de abril de 1974, liderada por um grupo de jovens capitães, podia afinal ter pernas para andar.

Quando o Comandante Zero desembarcou na sua ilha natal, foi recebido como mais um "holandês" de férias. "Holandês" era a maneira como se tratava todos os emigrantes cabo-verdianos espalhados pelo mundo, à conta da numerosa comunidade *crioula* residente nos Países Baixos. Como já era de tradição, também chegou em julho, no pico do verão, e a prova de que tinha bem estudada a lição foi o fato de desembarcar com trajes muito pouco recomendáveis para a estação — calças de veludo à boca-de-sino, botas de tacão alto de pele de crocodilo, camisa de cores floridas, garridas, um sobretudo de *cabedal*, tão grande, tão grande, que polia as pedras da calçada.

Nos primeiros tempos ninguém desconfiou de que aquele quase sexagenário de tez morena, carnes secas, mais alto do que um poste de eletricidade, sempre aprumado, sempre perfumado, era na realidade um falso emigrante — não faltava a uma única farra, sempre de copo na mão pronto a pagar a próxima rodada no bar Las Vegas, no bairro da Ribeira Bote, sempre atento à possibilidade de acrescentar mais uma conquista feminina ao seu já variado e abastado currículo. *Para mais*, raramente participava nas discussões sobre política. Aliás, quando a conversa descambava para esses domínios, ele pura e simplesmente eclipsava-se. No fundo, o Comandante Zero ouvia muito mais do que falava.

— Peço desculpas, mas não estou muito por dentro destas questões — justificava, de maneira pausada, educada, quando, durante uma *paródia*, alguém, insistentemente, lhe pedia uma opinião sobre o conturbado momento que se vivia naquela província ultramarina portuguesa.

— Sou um simples *embarcadiço*, a minha política é o trabalho — acrescentava, de seguida, com palavras aveludadas, antes de desviar a senda da conversa e emborcar mais uns bons goles da sua garrafa de cerveja.

Ninguém insistia muito, até porque o seu passado era uma enorme folha em branco. Sabia-se que abandonara a ilha pouco antes de ser convocado para a *inspeção militar* — devia ter pouco mais de dezesseis anos —, mas isso não era novidade, muitos outros jovens haviam feito o mesmo para não serem incorporados no Exército e enviados para a guerra contra os movimentos de libertação em África. Sabia-se também que aproveitara a boleia de um dos muitos iates que, na altura, escalavam na baía do Porto Grande, na rota entre dois continentes, e imaginava-se, imaginava-se porque ninguém tinha a certeza absoluta, que a cidade de Roterdã teria sido o seu destino final.

O único dado adquirido, a única certeza pura e cristalina, a única verdade absoluta, é que durante mais de quatro décadas não deu qualquer sinal de vida. Dele ninguém recebeu uma única carta, um *postal ilustrado*, nem mesmo uma daquelas fotografias que os emigrantes normalmente costumam enviar em pose estudada, teatral, frente a um automóvel encarnado de grande cilindrada, lado a lado com uma escultural estrangeira branca e loura. Dele ninguém recebeu nem uma *mantenha* por voz amiga. Na volta do correio apenas chegou silêncio. Um silêncio misterioso.

O faz-de-conta de *Duplicado* — alcunha por que respondia o Comandante Zero antes de ser conhecido o seu passado revolucionário — ainda durou algum tempo.

O PAIGC não queria correr riscos desnecessários, as coisas na capital da Metrópole não estavam bem definidas, o cessar-fogo na Guiné ainda estava *tremido*, todos os dias chegavam de Lisboa rumores de um golpe de Estado, de mais um contragolpe reacionário. Era fundamental que as coisas se clarificassem, que as águas se acalmassem, antes de desvendar toda a verdade sobre o operacional enviado ao Mindelo para preparar cuidadosamente o terreno.

Duplicado seguia à risca as instruções superiores que lhe chegavam de Madina de Boé, a base operacional do PAIGC, no coração da Guiné. Mas não parecia muito preocupado com o arrastar da situação. Este novo conceito de clandestinidade, esta nova forma de guerrilha, estava a revelar-se uma experiência muito interessante, gratificante. A verdade é que ele não tinha grandes razões de queixa, nunca lhe faltava uma cerveja fresca no copo, uma mulata quente na cama. Um cálice, ou dois, da boa aguardente velha da ilha de Santo Antão, que Manuela, a dona do Las Vegas, fazia questão de lhe reservar para alegrar as noites de prazer e boêmia com uma das suas empregadas, num dos quartos reservados, situados nas traseiras do bar. Sendo assim, a revolução podia esperar.

Esta sua postura extrovertida, colorida, veio aliás a revelar-se determinante, quando finalmente se desfiaram as linhas com que se cosia o seu misterioso passado. A veia mulherenga do guerrilheiro emigrante acabou mesmo por se transformar num poderoso trunfo político, utilizado pelo Partido, porque deitava por terra o argumento da reação que defendia que quando o PAIGC assumisse o poder iria nacionalizar tudo, dividir tudo — casas, carros, aparelhagens, mulheres. Sobretudo as tão desejadas mulheres.

— Quando o Partido chegar, quem tiver mais de uma namorada vai ter de partilhar — diziam vozes conhecidas como sendo abertamente do contra.

— Não digam? — observava em coro o resto da população com um nó a estrangular o coração.

— É a mais pura verdade. Então o amigo não sabe que os tipos do PAIGC são comunistas? — Os provocadores do costume não desperdiçavam uma única oportunidade para lançar mais um pingo de veneno no caldeirão das dúvidas.

Mas evitavam sempre a palavra detestada, amaldiçoada, a palavra "camarada". Preferiam antes dizer "amigo", "concidadão", ou mesmo "companheiro", o que por si só definia o seu posicionamento político, a sua visão para o futuro de Cabo Verde — estavam radicalmente contra a independência, defendiam uma união política com Portugal. Na gíria do Partido, eram conhecidos por neocolonialistas — quando o debate de ideias ainda decorria com uma certa elevação — ou ainda por "cães de duas patas" — quando a discussão azedava e começava a sessão de insulto, o vale tudo.

— Isto vai dar confusão — prognosticava um conhecedor de causa numa das numerosas e animadas sessões de esclarecimento organizadas pelas diversas forças vivas da ilha no célebre cinema Éden-Park.

Tinha toda a razão. Aliás, nem sequer era preciso ser um conceituado analista político, um compatriota convicto, para vaticinar tal desfecho. Não era segredo para ninguém que na Praça Nova, no bairro do monte Sossego, na baía das Gatas, enfim, em toda a ilha de São Vicente, as coisas boas e más da vida, do mundo, do universo, tudo e mais alguma coisa, sempre girou à volta das mulheres. No princípio e no fim, para o bem e para o mal, estavam sempre as mulheres.

O argumento *pegou de estaca*, já não se falava de outra coisa, já não se discutia outra coisa, era tema de conversa obrigatório na esquina da Rua de Lisboa, ou então no balcão de zinco de um qualquer botequim da Rua da Praia. Percebendo que tinha um filão para explorar, a reação empolou ainda mais a questão. Até inventou um *slogan* que pinchou nas paredes e escreveu em cartazes que espalhou pela cidade. Dizia o seguinte: "Aproveita agora que com o PAIGC vais ficar de mãos a abanar".

Naqueles dias, o essencial da revolução, o principal objetivo da luta de libertação, o caroço da ideologia comunista, resumia-se à questão da nacionalização, à partilha, ou não, do número de mulheres a que cada cidadão tinha direito. Foram dias de muita reflexão, muita discussão.

— Ninguém me tira o que é meu — justificou um simpatizante do Partido no momento em que decidiu bater com a porta. Foi apenas o primeiro de muitos outros que ficaram pelo caminho.

Quando finalmente se soube que *Duplicado* era o Comandante Zero, que aquele que todos pensavam ser mais um "holandês" de férias — sempre nos copos, sempre atrás de um rabo-de-saia — era, afinal, um alto dignitário do Partido, o clima de tensão baixou. E até nas instalações do Grêmio — um *bunker* elitista onde os membros de raça negra se contavam pelas falanges de um dedo — os mais perigosos reacionários, devidamente referenciados, foram obrigados a reconhecer, entre duas partidas de gamão, no meio de mais uma conversa de salão, que o comunismo, apesar de ser globalmente uma ideologia perigosa, perversa, que isso fique bem claro, faziam questão de realçar, também tinha alguns aspectos positivos.

Foi assim que *Duplicado* passou de emigrante a herói. De farrista a combatente. Era respeitado pela população — apesar de ser uma pessoa importante, não tinha as manias dos brancos metropolitanos nem os salamaleques dos seus amigos de peito cabo-verdianos —, idolatrado pelos homens e mulheres do Mindelo. Por razões diferentes, é claro. No fundo, conquistara com humildade e dedicação, e em alguns casos com a ajuda do corpinho também, o que mil e uma palavras de ordem do Partido não tinham conseguido. Razão mais do que suficiente para agora não virar as costas às prioridades do PAIGC, aos seus objetivos estratégicos, para não deitar tudo a perder por causa da sua implicância com aquele *catraio, armado ao pingarelho*, que apenas respondia pelo nome de Zapata.

— Aqui tem as balas, camarada — disse o Comandante Zero, finalmente, um pouco a contragosto.

Zapata sorriu com todos os dentes tortos que lhe

decoravam a boca. Era um sorriso vitorioso mas muito pouco amistoso. Radiante mas não suficientemente confiante. Apesar disso sentiu um formigueiro na ponta dos dedos, um pico de calor a galgar pelas vértebras acima, os pés descolaram do chão, a cabeça, um carnaval em ebulição. Era a primeira vez que saboreava uma bala que não cheirava a amendoim, como nas sessões de cinema. Mas a euforia durou pouco — não foi preciso fazer grandes contas de cabeça, nem sequer ser um mestre em balística, para se aperceber de que recebera apenas cinco balas. Que o velho guerrilheiro estava em dívida para com ele.

— Falta uma bala, camarada comandante — protestou, indignado. Era uma indignação revolucionária, pois não esqueceu a palavra camarada.

O Comandante Zero sentiu o sangue fervilhar na *goiabeira* azul-celeste — a partir do dia em que vestiu a sua verdadeira identidade tratou logo de oferecer a um companheiro de paródia as calças de veludo à boca-de-sino, as camisas floridas, garridas, as botas de tacão alto de pele de crocodilo e, sobretudo, o sobretudo de cabedal. Aquele fedelho estava a ultrapassar todas as marcas, quem é que ele pensava que era para falar assim a um oficial graduado, um comandante respeitado. Rosnou o seu desagrado, se ele pensa que isto ainda é como no *tempo da outra senhora*, em que bastava ter um tio bem colocado para se sentir protegido, está muito enganado, concluiu para consigo. Foi para acabar com estes abusos que ele e os seus camaradas lutaram durante mais de dez anos nas matas da Guiné. O seu currículo falava por si, era admirado pelos colegas, respeitado pelo inimigo, uns e outros sabiam que era um homem de bem. Um homem de palavra. Um homem de verdade. Uns e outros sabiam que fervia em pouca água, que nunca levava desaforo para casa.

— O camarada *pioneiro* não diga que vai agora querer ensinar o padre a dar a missa — disse com a voz enrugada, atabacada, utilizando uma terminologia religiosa que um ateu do seu calibre normalmente procurava evitar.

— Peço desculpas, camarada. As minhas sinceras e sentidas desculpas — Zapata respondeu ao mesmo tempo que baixava embaraçosamente a cabeça. — Receio que as minhas palavras tenham sido mal interpretadas — tentou ainda emendar o tiro, utilizando um palavreado mais cerimonioso.

— Não é o camarada pioneiro que me vem agora explicar que uma pistola leva seis balas… — o Comandante Zero voltou a colocar o dedo no gatilho, mas sublinhou a palavra pioneiro para lhe relembrar o seu lugar na hierarquia do Partido.

— É claro que não… é claro que não — o aspirante

a guerrilheiro baixou a bola da conversa. — Pensei que fosse um lapso, apenas queria chamar a atenção do camarada comandante — acrescentou com palavras vergadas ao peso da autoridade.

O Comandante Zero sentiu que a fanfarronice de Zapata estava a claudicar. Não conseguiu disfarçar a sua felicidade — nunca apreciou miúdos que gostam de adotar a pose de adultos, crianças que querem crescer antes do tempo. Gente, grande ou pequena, tanto faz, que pensa que o poder serve para se pavonear. Podia ter aproveitado a ocasião para o humilhar em frente dos seus colegas — era o que muitos dos seus camaradas teriam certamente feito. Mas não, aquele tipo de atitude não fazia parte do seu código genético, preferia aproveitar a oportunidade para o educar. Mesmo assim não deixou de sorrir, mas por dentro, para não o achincalhar.

Depois, levou as mãos aos bolsos da goiabeira, procurou, procurou, encontrou um cigarro nacional, da marca Falcão, sem filtro, acendeu-o, tirou uma baforada valente, uma nuvem de fumo, espessa, pegajosa, engasgou o pulmão dos quatro jovens vigilantes. Só muito depois é que falou.

— Eu bem sei que falta uma bala — disse —, mas o camarada tem de compreender que a situação não está nada fácil. Estamos em período de contenção, de racionamento, é por demais evidente que a procura é maior do que a oferta, e, por razões logísticas que não vêm agora ao caso, ainda não conseguimos trazer grande parte das munições que temos em estoque na Guiné.

Zapata pôs-se em sentido. Gostava de ouvir falar complicado. Gostava, não, adorava. Qualquer sumário de um livro sobre Materialismo Dialético era melodia para os seus ouvidos. Já um parágrafo, o mais curto e simples parágrafo de *O Capital*, deixava-o completamente em êxtase. Era por isso que passava os dias, as noites também, na Biblioteca do Partido, uma apertada moradia de rés-do-chão e primeiro andar, situada na Rua João Machado, paredes-meias com a casa do Fernando Grais.

Zapata já tratava Karl Marx e Friedrich Engels por tu, enfim, por tu talvez fosse um exagero, uma força de expressão, na verdade a maior parte da cartilha revolucionária passava-lhe ao lado, ainda não tinha arcabouço mental para digerir o essencial do Materialismo Dialético. Limitava-se, por isso, a decorar as passagens mais importantes, mais significativas, não queria deixar de fazer boa figura nos inúmeros saraus culturais organizados pelo Partido com o objetivo de mobilizar as massas proletárias dos subúrbios.

Para além das palavras de ordem, das frases de inspiração marxista, leninista, trotskista e até maoísta — por causa da sua real ignorância, todos os ismos tinham a mesma carga ideológica, revolucionária —, também decorava aquelas expressões novas, mais cerimoniosas, decorosas, como, por exemplo, "em prol", "no que concerne", "no âmbito", "trâmites normais", "consubstanciado", ou ainda "diretivas emanadas". Mas havia uma que, apesar de fazer o seu gênero, apesar de ser muito usada por alguns camaradas dirigentes, ele detestava: "Faça o obséquio". Zapata acreditava que os fins justificavam os meios e que a revolução não deveria perder tempo com pedidos de desculpa. Por isso, e apesar de reconhecer que se tinha precipitado na maneira como alertou ou abordou o Comandante Zero para a questão da bala em falta, nunca, em momento algum, estendeu o tapete ao perdão.

— As instruções do nosso Partido são sagradas — reagiu finalmente à sessão de esclarecimento que o Comandante Zero lhe tinha ministrado.

— Estou aqui para cumprir ordens superiores, camarada comandante — rematou Zapata, ao mesmo tempo que batia ruidosamente a *pala*.

O Comandante Zero aproveitou o momento para desanuviar o ambiente, para encaminhar a conversa para terrenos que melhor dominava. Os jovens camaradas têm de ter bem presente na vossa mente que esta é uma operação de vigilância, começou por esclarecer. O Partido tem informações seguras de que o inimigo anda a rondar a nossa costa, informou depois. E os camaradas, enquanto frente avançada da revolução, enquanto primeiro bastião da resistência armada, têm de estar atentos no sentido de detectarem qualquer movimento mais estranho. Mais suspeito.

Os ouvidos de Zapata estremeceram de emoção. Então não é que, assim, sem mais nem porquê, ele já era a frente avançada da revolução, o primeiro bastião da resistência armada. O guardião da Nação. Começou a sonhar alto, acordado, não precisou de fazer grande esforço para se ver em cima de um enorme palanque a gritar para as massas trabalhadoras as palavras de ordem que tanto apreciava: "Abaixo o Colonialismo. Abaixo o Imperialismo. Independência Total e Imediata. Viva a Unidade Guiné e Cabo Verde". E esboçou um longo e rasgado sorriso. Militante.

— Mas atenção: a missão dos camaradas pioneiros é sobretudo defensiva. — O Comandante Zero *tirou-lhe o pão do sonho.* — Não comecem a disparar a torto e a direito ao mínimo sinal de alerta porque, como já lhes disse, não dispomos de muitas munições no terreno — fez ainda questão de salientar.

— Algum dos camaradas aqui presentes tem qualquer dúvida? — foi assim que carimbou a sua intervenção.

— Não, camarada Comandante — responderam em bando os quatro.

Mas o não de Zapata foi pronunciado sem muita convicção. Ele já tinha a ilusão, agora queria ação. E também não gostou que o tivessem voltado a tratar por camarada pioneiro, camarada, sem dúvida alguma, e com todo o orgulho, todo o mérito, mas a fase de pioneiro já tinha passado à história, desabafou para com a carapinha desgrenhada. Mas deve ter sido um engano, refletiu de seguida, um lapso de linguagem do Comandante Zero, raciocinou a seguir com palavras mais adultas. Mais maduras. Zapata não tinha qualquer dúvida de que os "olheiros" do Partido já haviam reparado no seu talento, na sua total dedicação, no seu elevado espírito de abnegação, mas, mais importante ainda, e foi isso que o reconfortou, que o animou, uma revolução não se mede aos palmos.

— Se assim fosse, o que seria do camarada Mao? — questionou, com voz de algodão, numa clara alusão à baixa estatura do líder do Partido Comunista Chinês.

Mas ele disse Mao Tsé-Tung, como podia ter dito Lênin ou Stálin. Ou outro líder revolucionário qualquer, como, por exemplo, Enver Hoxha[1] — este também vinha nos livros da Biblioteca do Partido, mas evitava re-

---

[1] Enver Hoxha (1908-1985): líder da revolução comunista na Albânia, governou o país com poderes ditatoriais de 1944 até sua morte.

ferir o seu nome porque era de um país que ele mal conhecia, só sabia que ficava nos confins da Europa e se chamava Albânia. Ou seja, para ele, todos os revolucionários tinham a mesma estatura, nada mais natural, só os conhecia de fotografia, a preto-e-branco e de má qualidade, diga-se, aliás, de passagem, e sobretudo eram todas tiradas da cintura para cima. Deveria ser por uma questão de estética comunista.

Por isso, mal o Comandante Zero se despediu, mal virou as costas ao coreto da Praça Estrela e caminhou apressadamente rumo à Rua do Coco — o sextante do fígado já lhe indicava a direção do bar da mãe do Júlio

Black —, o camarada Zapata disse, alto e em bom som, para que todos os outros companheiros de vigilância o pudessem ouvir:

— Se os americanos aparecerem, vão arrepender-se de ter nascido.

BALA 2

Zapata respirou finalmente adrenalina. Com a partida do Comandante Zero sentiu-se mais confiante, mais importante, mais competente. Mais camarada. Mais chefe. Assumiu de imediato as rédeas da operação, já estava cansado de esperar, tinha começado a desesperar, não via a hora de avançar, de chegar, de alcançar a linha da frente.

As instruções começaram a atropelar-se no céu da boca, a ponta da língua a borbulhar sujeito, predicado e complemento direto, as palavras de ordem passaram a ser vírgulas no seu discurso, era camarada para aqui, camarada para acolá, camarada por tudo e por nada, o Partido o seu ponto de exclamação. A sua suprema exaltação.

Não havia nem mais um minuto a perder, por causa dos preliminares do velho guerrilheiro o tempo começava a minguar, tinham de se despachar, a tarde já se escondia por detrás das escarpas do Monte Cara, pela frente um longo caminho a percorrer. Era preciso acelerar o passo, do coreto da Praça Estrela, na cidade do Mindelo, até à praia de São Pedro, na outra ponta da ilha, ainda eram uns bons dez quilômetros, mais coisa menos coisa, mais metro menos metro. Sempre em linha reta, sempre em direção ao mar, sempre com o olhar cravado na linha do horizonte.

Apesar de ser um final de tarde, o calor estava enraivecido, não soprava uma única brisa para alegrar o sovaco. As pedras da *calçada* suavam, a terra acastanhada adormecida ao lado da estrada pedia água para acalmar a sua poeira. A sua canseira. Numa das *bermas*, meia dúzia de acácias lutava teimosamente pelo direito à vida. Pareciam crianças do Biafra, esqueléticas, nuas, com ramos tristes, despidos de qualquer folha. Mesmo assim resistiam. Estoicamente.

— Um, dois, um, dois, um, dois — gritava Zapata, eufórico, sem parar.

Só Aristóteles absorvia os seus dizeres, amortecia os seus gritos estridentes, mas o seu olhar compenetrado tinha pouco de filósofo grego — nunca fora muito dado à reflexão, era mais de bajulação. Por isso, foi o único a tentar apanhar a cadência, caminhava sempre um passo atrás de Zapata, o camarada chefe, como o passou a tratar, era uma regra básica da subserviência, uma questão de sobrevivência. Era o preço a pagar pelo fato de o pai ter sido uma figura ilustre do antigo regime, um conhecido piloto da Força Aérea Portuguesa — um colonialista voador, nas palavras esclarecidas do camarada Zapata — com muitas horas de voo na guerra perdida contra os chamados terroristas da Guiné, muitas bombas de *napalm* atiradas ao deus-dará.

A memória não se apaga. Ataca, e quando menos se espera. O passado recente ainda estava bem fresco na memória de todos, de cada um, não havia um dia, um único dia, em que alguém não lhe recordasse a sua filiação, aquela limitação, o seu principal *travão* com vista a uma possível progressão nas estruturas partidárias. Por isso tinha de investir na dedicação, numa dedicação quase canina, só assim conseguia acelerar o seu processo de integração, não perder o comboio da revolução.

E como quase sempre acontece com todos os cristãos-novos, Aristóteles não foi exceção, virou mais papista do que o Papa. Assim, quando lia nos manuais do Partido a palavra "reacionário", traduzia por "cão de duas patas", quando um dirigente do PAIGC falava em derrubar o colonialismo, *subia a fasquia* para imperialismo. Quando Zapata dizia mata, ele, invariavelmente, respondia esfola.

— Um, dois, um, dois, um, dois. — Zapata continuava a controlar a cadência.

Aristóteles demorou a acertar a passada. Mas tinha atenuantes — isto de a cabeça, tronco e membros funcionarem como um todo nem sempre é assim, no seu caso nunca foi assim. A cabeça e os membros, superiores e inferiores, *ainda vá que não vá*, com maior ou menor esforço, conseguiam não ser um estorvo. Já o tronco era outra história, era muito mais difícil de controlar, de comandar, por causa de uma enorme *bossa* que, de tanto rastejar, de tanto curvar perante as ordens superiores, lhe crescera na parte superior das costas. Cresceu, cresceu tanto, que virou uma espécie de almofada de quarto de pensão. Para além da bossa, a sua outra marca registrada era o sinal peludo que lhe cobria grande parte da face esquerda. E, é verdade, também tinha uma *T-shirt* branca com a inscrição *This is my song* estampada na parte de trás. Nunca a tirava, estava tão gasta, tão amarela, tão suja, que já se lhe colava à pele.

Depois de tanto caminhar, de tanto batalhar, Aristóteles lá conseguiu apanhar o ritmo frenético imposto pelo camarada Zapata. Um, dois, um, dois, um, dois, recapitulava, esganiçado, as pernas nervosas, sempre esticadas, para a frente, para trás, já não marchava, saltitava, apesar de não ter muita experiência, de não ter recebido qualquer tipo de treino militar, as coisas até estavam a *correr-lhe de feição*. Sempre serve para alguma coisa ser um rato do cinema Éden-Park, pensou, quando ultrapassou a fase de maior aflição, sempre serve para alguma coisa ter visto mais de vinte vezes Gregory Peck no filme *Os Canhões de Navarone*, sublinhou, quando o seu ego começou a entrar em ebulição. Sentiu-se mais confiante, mais pioneiro, mais aventureiro. Mais solto. Mais militante.

Por isso aproveitou o estado de graça, a embalagem cinematográfica, e acrescentou com convicção:

— ...Três.

Mas antes que ele dissesse quatro, Zapata antecipou-se. O grito do comandante da missão soprou com toda a força do vento leste.

— Que fique bem claro, camaradas, aqui quem dá ordens sou eu — disse, com palavras embrulhadas de autoridade.

Ninguém protestou. Aristóteles, dado o seu funesto *historial familiar*, tinha por sina obedecer, já se dava por satisfeito de ser a sombra da sombra de Zapata, já se sentia orgulhoso com a possibilidade de um dia poder vir a ser uma espécie de chefe máximo do pessoal mínimo. Quanto a Bob e Frederico, eram um caso à parte — um caso sem solução, perdido nos prognósticos revolucionários e sempre dramáticos de Zapata. Pareciam deambular por um outro mundo, um mundo onde as ordens do aprendiz de chefe nunca chegavam, perdiam-se pelo caminho, ou então entravam por um ouvido e saíam pelo outro.

— Um, dois, um, dois, um, dois. — Zapata continuava a debitar a cadência.

Por mais de uma vez apeteceu a Bob gritar três,

quatro, cinco, e por aí adiante, mas preferiu engolir a língua, fez um esforço sobre-humano para conter a sua ira, ainda era muito cedo para dar o tiro de partida da provocação e, mais importante ainda, o seu sexto sentido já tinha começado a remoer-lhe o juízo, algo lhe dizia que tinha embarcado na vigilância errada.

De todos, era, sem dúvida, o que estava mais distante, mais ausente naquele final de tarde. Caminhava em silêncio — logo ele, tão dado à brincadeira, tão dono das suas palavras — e isso era a prova de que alguma coisa não batia certo, um claro sinal de que ainda não tinha conseguido encaixar a desilusão. É o que dá quando não se procura inteirar de todos os pormenores de uma missão, matutou, mas agora já não havia mais nada a fazer, ia ter de aturar os delírios revolucionários de Zapata e do seu lacaio de estimação.

— Ouve cá, não me digas que não vai haver miúdas? — questionou Zapata, a meio do caminho, quando a desilusão apunhalou mortalmente a sua ilusão.

Para Bob, revolução rimava com animação. Cada operação de vigilância era um cardápio de tentações. Era por isso que respondia sempre presente, eterno *cabeça de lista* dos candidatos à defesa do "solo sagrado da nossa Pátria amada" contra uma tão falada invasão das forças imperialistas. Mas não era o fervor revolucionário que o guiava, nem tampouco o espírito de missão.

Não perdia uma operação de vigilância nas traseiras dos Correios, um local recatado, escondido dos olhares mais indiscretos, longe da boca do povo, longe do coração das massas. Precisamos de um voluntário para fazer vigilância às nossas telecomunicações, pedia o camarada do PAIGC de serviço, e ele logo esticava o braço, alto, bem alto, para não dar qualquer hipótese à concorrência. Ato contínuo, solicitava reforços. Não se deve olhar a meios quando se trata de um alvo tão importante, tão estratégico, justificava com a voz embargada de patriotismo, não se deve subestimar o poder, a malícia, a capacidade do inimigo, acrescentava com os olhos imbuídos de heroísmo. E escolhia um parceiro, uma parceira para ser mais correto. Ele escolhia sempre uma miúda. Era a sua próxima vítima.

Para além dos Correios, um edifício de *traça* colonial situado numa das principais artérias da cidade do Mindelo, paredes-meias com a Pensão Chave d'Ouro, o seu outro posto de observação de eleição era o telhado do cinema Éden-Park. Bob nunca compreendeu muito bem porque é que aquele local, tão central, em plena Praça Nova, no coração do coração da cidade, tinha assim tanto interesse para as forças inimigas — por exemplo, não se pode comparar uma sala de cinema que apenas passa fitas de caubóis e caratê, de gosto muito duvidoso, aliás, com o posto de abastecimento da Shell, ou

seja, as reservas petrolíferas da ilha, nas palavras de um camarada mais avisado. Mais informado.

A dúvida persistiu até ao dia em que se atreveu a perguntar a uma mente mais esclarecida. Mais revolucionária.

— Nunca se sabe se somos atacados pelo imperialismo cultural norte-americano.

Para Bob, o telhado do cinema Éden-Park era um verdadeiro campo de batalha, mas por razões muito pouco militares. Ali, as suas lutas eram quase sempre corpo a corpo. Começava por segredar-lhes algodão-doce ao ouvido, ao princípio elas ainda resistiam, e se aparecer alguém?, protestavam, carregadas de convicção, a esta hora?, nem pensar, sossegava-as com murmúrios apaixonados, os lábios caminhavam tranquilamente em direção ao pescoço, e se o inimigo atacar?, insistiam elas, mas já só mesmo por insistir, o inimigo tem muitas outras coisas com que se preocupar, disparava mais um gemido do seu manual de sedução, as mãos já beijavam o umbigo, e descaíam, descaíam, descaíam, devagar, e estacionavam, depois acariciavam, acariciavam, acariciavam, não devíamos estar a fazer isto, murmuravam, torturadas pelo calor do pecado, ele nem sequer respondia, gemia, tremia, os seus dedos untados de prazer, era sinal de que tinha acabado de ultrapassar a última fronteira do remorso, vencido a última barreira de defesa. Nesta altura, a guerra já era uma paz saborosa. E rebolavam pelos telhados, molhados, um só corpo, duas línguas num alvoroço, hormônios em ebulição, era uma verdadeira perdição. Viva a revolução, gritava Bob, no final, em tom de provocação.

— Ouve cá, e as miúdas, Zapata? Não me digas que não vai haver miúdas nesta missão — perguntou, pela milésima vez, quando passavam mesmo ao lado do Lazareto, as barracas do quartel do Morro Branco em pano de fundo.

Zapata já estava a perder a paciência com tamanha insistência, aquela mania, aquela obsessão quase doentia, podia minar todo o espírito de missão. Quem sabe se a própria revolução — mas isso já era a sua mania de grandeza a falar mais alto.

— Hoje é uma operação muito delicada, muito arriscada, camarada Bob — retorquiu muito mais tarde, com aparente serenidade, quando passavam em frente das instalações do aeroporto.

— E depois? — Bob foi *lesto* a dar-lhe o merecido troco.

— Isso quer dizer que os camaradas do grupo encarregues de fazer a vigilância na praia de São Pedro foram todos escolhidos a dedo — cuspiu mais uma mentira.

Era um argumento colado a cuspe. E, como é evidente, não grudava. É que se assim fosse a composição do grupo de vigilância seria forçosamente diferente. Bob seria de imediato excluído, o seu perfil não se enquadrava naquele tipo de operação, para ele, a única revolução que realmente interessava era a sexual. Literalmente. E neste aspecto, honra lhe seja feita, atirou-se de corpo e alma, mais de corpo do que de alma, para se ser mais correto, empenhou-se tão a fundo que se transformou num dedicado, esforçado, aplicado, educador das massas. Das massas femininas.

Bob descobriu a sua verdadeira vocação, a única maneira de dar a sua contribuição no âmbito do processo revolucionário em curso, numa das suas frequentes idas à Biblioteca do Partido atrás do rasto da bela Paula

Cristina. Fez-se luz na sua cabeça no exato momento em que, sem querer, ao caminhar por uma fila de prateleiras quase vazias, tropeçou a curiosidade num livrinho de capa vermelha. Foi o título que primeiro lhe chamou a atenção. Aquilo foi uma verdadeira visão. Uma autêntica bênção.

Pegou em *A Revolução Sexual*, de Wilhelm Reich,[2] com todo o carinho, era uma edição brasileira traduzida por um tal Ary Blaustein. Fez uma leitura na diagonal, superficial — não queria desconcentrar-se e perder de vista o essencial, o sensual rebolar das ancas da bela Paula Cristina —, mas mesmo assim conseguiu descortinar todo o seu potencial. Aliás, nem precisou de queimar muitas pestanas para chegar a uma conclusão. Definitiva.

Aquilo que estava ali escrito era a teorização dos seus instintos mais primários, mais carnais. Fundamentais. Esse tal de Wilhelm Reich é, sem dúvida alguma, um visionário, o verdadeiro revolucionário, qual Marx, qual Engels, pensou na altura, felizmente ainda há pessoas que conseguem despir-se de preconceitos e colocar, preto no branco, o que as massas pensam no mais profundo e íntimo dos seus sonhos.

---

[2] Wilhelm Reich (1897-1957): psiquiatra e psicanalista de origem austro-húngara, discípulo dissidente de Freud. Seus dois livros mais famosos são *A Revolução Sexual* e *A Função do Orgasmo*.

— Nunca te vi assim tão interessado num livro — proferiu, incrédula, Paula Cristina, ao constatar que ele estava embrenhado na leitura.

Ele sorriu. De prazer. A sua cabeça era já um fogo de artifício de saber.

— Mas este é diferente — respondeu, sem no entanto abrir o jogo quanto às verdadeiras razões do seu interesse.

A bela Paula Cristina era uma espécie de espinha encravada na sua garganta. Na garganta, *salvo seja*, era mais numa outra parte bem específica do seu corpo. Só de pensar naqueles cabelos ondulados, dourados pelas águas salgadas da praia da Matiota, só de pensar naqueles olhos amendoados, camuflados por trás do véu provocante da virgindade, só de pensar naquela pele de vaselina, achocolatada pelo sol atrevido do Mindelo, só de pensar naquele corpo de sereia, a sua respiração acelerava. Babava. Ela até podia ser *muita areia para a sua lampreia* — já não era uma adolescente, era uma mulher madura, pelo menos três ou quatro anos mais velha do que ele —, mas não era isso que iria cortar o seu apetite.

Bob havia prometido a si próprio, jurado a si próprio, que não descansaria enquanto não quebrasse as suas resistências, vencesse as suas reticências, mas, verdade seja dita, já tinha tentado de tudo, inventado mil e um estratagemas, e nada. Não e não foram as palavras que

mais vezes ouviu dos lábios sensuais e carnudos da bela Paula Cristina.

Pura e simplesmente ela *não lhe passava cartão*, considerava-o um miúdo, não lhe prestava a devida atenção, estava mais interessada na revolução do que em jogos de sedução.

— Hoje estou deveras impressionada contigo. — Paula Cristina voltou a extravasar a sua admiração ao constatar o brilho com que os seus olhos devoravam aquele livrinho.

— Isto, sim, é literatura. Assim até dá prazer ler — replicou Bob, com um sorriso atrevido.

A prova de que gostou tanto do que leu foi o fato de ter desviado grande parte da sua semanada — uma nota verde de vinte escudos normalmente consumida nas idas ao cinema Éden-Park — para comprar o objeto secreto do seu desejo. Comprou e leu. Releu e anotou. Sublinhou os parágrafos mais interessantes. E não perdeu muito tempo até fazer render o seu precioso investimento.

Como não podia deixar de ser, a bela Paula Cristina — que desde o episódio da Biblioteca do Partido tinha ficado intrigada com aquele livro de capa vermelha — foi a sua primeira escolha. A sua primeira vítima. E como para grandes males grandes remédios, utilizou a artilharia pesada, ousada, ou seja, não só lhe aconselhou a leitura do livro como ainda lhe sugeriu que prestasse atenção, uma especial atenção, à passagem da página 58 que tinha previamente selecionado. Que tinha estrategicamente sublinhado com a sua *caneta de feltro* vermelha.

Dizia o seguinte: "Há cerca de quinze ou vinte e cinco anos, era vergonha para uma moça solteira não ser virgem. Hoje, as moças de todos os círculos e camadas sociais — aqui mais, ali menos, aqui mais claramente, ali mais obscuramente — parecem desenvolver a ideia de que é vergonha ser ainda virgem [o 'ainda virgem' estava sublinhado com dois traços da caneta de feltro] com dezoito, vinte ou vinte e cinco anos". Ela nem precisou descambar a leitura pelo parágrafo seguinte, sentiu logo no corpo o apelo da revolução. O calor da excitação. Bob agradeceu e colheu, na horizontal, o tão apetecido despojo de guerra.

Foi assim que *A Revolução Sexual*, de Wilhelm Reich, passou, com distinção, a sua primeira grande prova de fogo. A partir daqui tornou-se no seu livro de cabeceira e, não é força de expressão, era lido sobretudo na cama, que é como quem diz no telhado do cinema Éden-Park ou no chão de cimento das traseiras dos Correios. Nunca mais se separou dele, por tudo e por nada aconselhava a leitura de alguns excertos às camaradas mais interessantes. De tanto uso, as palavras perderam cor, muitas vezes só sobrava o sublinhado, avermelhado, elas quase tinham de adivinhar o real significado de cada frase. Em contrapartida, as poucas letras que sobreviveram ganharam vida, vida própria. Vida vivida. Sentida. Atrevida.

Quando tinha uma camarada debaixo de olho, Bob estudava detalhadamente a situação, perspectivava o seu evoluir, procurava avaliar o impacto de cada citação. Mas quase sempre abria as hostilidades recomendando o sublinhado da página 56: "Se um rapaz de quinze anos quisesse ter relações amorosas com uma menina de treze, a sociedade livre não se oporia, e ainda o defenderia e protegeria".

É óbvio que era por uma questão tática, preferia avançar com paninhos quentes para não afastar as eventuais presas, assim não podiam dizer que tinham sido vítimas de um ataque frontal, sofrido qualquer dano colateral, traiçoeiro, o primeiro parágrafo recomendado servia antes de mais para apalpar o terreno, estudar a reação do parceiro. Só depois é que assaltava o terreiro.

Com as mais pudicas, mais conservadoras, perdia sempre mais algum tempo, muitas vezes era obrigado a desembainhar a sua lábia, demonstrar a sua bagagem teórica. Provar o seu compromisso com a revolução. Mas, normalmente, depois da leitura de duas ou três citações, estrategicamente escolhidas e recomendadas, sublinhadas, elas acabavam por baixar a guarda, por se converter às virtudes da psicologia do prazer.

Quando isso não acontecia, Bob utilizava, em perfeito desespero de causa, de uma causa nobre, diga-se de passagem, a bomba atômica que abria o capítulo II, na página 62: "A reforma sexual pretende eliminar irregularidades da vida sexual social que no final se encontram arraigadas na maneira de existência econômica e encontram expressões nas doenças mentais dos membros da sociedade". Se esta citação não funcionasse, era sinal de que a batalha estava irremediavelmente perdida. Só por uma ou duas vezes, não mais, é que Bob foi obrigado a reconhecer a derrota. Normalmente a vergonha era o seu melhor aliado, ninguém queria reconhecer a sua ignorância, admitir que não tinha compreendido o real significado do sublinhado. E ele aproveitava a oportunidade para dar a estocada final, ou seja, traduzia, de maneira livre e de acordo com os seus superiores interesses, a profundidade de tal análise. "No fundo, isto quer dizer que sem sexo ficamos todos malucos", explicava do alto do seu pragmatismo. Elas ouviam. Compreendiam a mensagem. Raramente resistiam.

— Ouve cá, e as miúdas, Zapata? Não me digas que não vai haver miúdas nesta missão — voltou a carregar na mesma tecla, naquele final de tarde a caminho da praia de São Pedro.

Frederico, de todos os membros da delegação o que o conhecia melhor, observava tudo com os seus olhos verdes, atentos, escondidos por detrás dos óculos sem aros. A cascata de sardas que se debruçavam sobre as maçãs do seu rosto, rosado, sensato, até sorria de prazer com aquele inesperado espetáculo. Era, sem dúvida, Bob no seu melhor.

Mas Frederico evitou fazer qualquer comentário, evitou brincar com o assunto. Ele tinha plena consciência de que a sua inclusão no grupo de vigilância do Partido estava longe de ser pacífica — era um português da Metrópole e, como se isso não bastasse, era filho do comandante da Capitania dos Portos do Mindelo.

Na verdade, Zapata só o tolerava porque não queria comprar mais uma guerra com Bob. Mas ninguém lhe tirava do juízo que ele era um agente infiltrado, que só ali estava para recolher informações para depois o pai as passar ao inimigo. Vou ter de exercer um controle apertado sobre ele, alguma coisa me diz que ele não é de confiança, que dá para os dois lados, sentenciou.

— Não é o Partido que diz que somos todos iguais... homens e mulheres? — Bob disparou um tiro certeiro contra os argumentos do chefe da operação.

Zapata foi apanhado em "contrapé". A sua arrogância militante cambaleou. Amarfanhou. A última coisa que esperava é que uma pessoa tão *cabeça no ar* como o Bob estivesse a par dos Estatutos e do Programa do PAIGC. Fingiu que não ouviu, queria ganhar tempo, ver se ele desistia da investida, mas não serviu de nada, ele voltou a colocar o dedo na ferida.

— Ouve cá, ainda não me explicaste porque é que hoje não há miúdas?

Zapata não tinha uma explicação plausível para dar, tinha de pesar muito bem as palavras, cada palavra, para não desvirtuar a doutrina do partido, os seus princípios programáticos, era assim mesmo que se dizia. Inventou uma desculpa esfarrapada, devo informar o camarada Bob de que todas as camaradas contatadas declinaram o convite porque estavam *afetas* a outras missões, começou por dizer, não sei se o camarada sabe, mas o nosso Partido é multifacetado — mais uma palavra difícil que ele adorava — e por isso encontra-se envolvido em várias frentes, concluiu a páginas tantas.

Bob não foi na conversa de Zapata. Franziu o *sobrolho*, passou a palma das mãos demoradamente pela nuca, torceu o nariz no seu descontentamento.

— Salazar, Salazar, tu estás a tentar *dar-me baile* — protestou, indignado. Revoltado.

A pele do chefe da operação eriçou-se. Zapata detestava que o tratassem pelo nome próprio, era um golpe fatal na sua autoestima, uma morteirada no seu desejo de afirmação junto das mais altas instâncias do Partido. A culpa era da mãe, batizara-o com aquele nome fascista para assim prestar uma sincera e singela homenagem a António de Oliveira Salazar,[3] o antigo presidente do Conselho nos tempos da ditadura em Portugal. Só não contava que com a Revolução do 25 de abril o tiro saísse pela culatra. Zapata não perdoava a progenitora — aquele nome era um fardo pesado para os seus dezesseis anos. Era uma cruz demasiado pesada para car-

---

[3] António de Oliveira Salazar (1889-1970): ditador que governou Portugal de 1932 a 1968, promovendo desde 1961 a chamada Guerra Colonial contra as forças independentistas de Angola, Moçambique e Guiné-Bissau.

regar durante o resto da vida. Aquelas sete letras, aquele nome aparentemente inofensivo, até podiam — assim pensava Zapata — ser uma espécie de certidão de óbito na sua empenhada caminhada na rota do poder.

— Já disse ao camarada Bob, por mais de uma vez, que o meu nome é Zapata — foi com palavras agrestes que reafirmou a sua identidade revolucionária.[4] O meu nome é Zapata. Za-pa-ta — soletrou de seguida, sílaba a sílaba, para que não restassem quaisquer dúvidas.

— Ouve cá, a mim tanto me faz se és Salazar ou Zapata... quero é saber porque é que não há miúdas nesta missão — foi assim que Bob verbalizou a sua frustração.

---

[4] Referência a Emiliano Zapata (1879-1919), um dos principais líderes da Revolução Mexicana de 1910.

Zapata não respondeu a mais esta provocação — ainda estava atordoado com a evocação do seu famigerado nome de batismo. Encalhado naquela triste recordação. Também é verdade que não tinha grande coisa para dizer, na verdade não havia nada para dizer, era por de mais evidente que Bob sabia na ponta da língua as mais importantes recomendações do Partido referentes às mulheres e aos seus direitos fundamentais.

Tinham entretanto acabado de chegar à praia de São Pedro, as águas cálidas e revoltas do oceano iriam certamente acalmar a obsessão de Bob. Foi isso mesmo que Zapata pensou. Por uma vez pensou bem. Mal avistou a primeira onda, o fervoroso discípulo de Wilhelm Reich desembaraçou-se da viola que trazia a tiracolo, apanhou a sua longa cabeleira *rasta* com um fio de elástico, despiu a camisa verde-oliva, correu pela areia quente com passos de gazela. O seu corpo esguio, franzino, quase voava. Furou a primeira vaga, a segunda também, deu umas valentes braçadas e desapareceu na espuma das ondas.

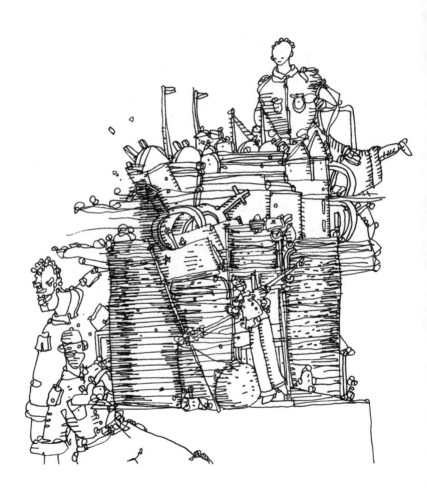

BALA 3

A logística era o ponto forte do camarada Zapata. Gostou da palavra da primeira vez que a ouviu, foi literalmente com a sua cara logo que um guerrilheiro a pronunciou. Era, sem dúvida, uma ideia revolucionária, mais um contributo do PAIGC para colocar um pouco de ordem na desorganizada ilha de São Vicente.

Mas, verdade seja dita, ele já era um adepto confesso deste novo conceito ainda muito antes de o conhecer, sempre gostou de blocos de folhas de papel quadriculado, de lápis bem afiados, de borrachas a cheirar a limpo, de contas de somar e subtrair. Do noves fora, nada. E sempre defendeu o saudoso lema — infelizmente, estava a cair em desuso, pensou ele — que diz que não se deve deixar para amanhã o que se pode fazer hoje. Bem feito, de preferência.

Mal chegou à praia de São Pedro, Zapata tratou logo de montar as futuras instalações do quartel-general da missão, era uma tenda cubana disponibilizada pelo Partido, a lona de um verde-azeitona fluorescente. Militar.

Mas teve de fazer quase tudo sozinho, estender a lona, segurar os paus, enfiar os pregos na areia, porque os outros camaradas não eram de grande serventia — a disponibilidade subserviente de Aristóteles só servia para atrapalhar, Bob e Frederico continuavam alegremente a desfrutar das revoltas ondas do oceano.

Mas também não se importou, sentia o sangue póstumo do seu ídolo Che Guevara a correr-lhe nas veias. Aquele tipo de tarefas dava-lhe até um certo gozo, reconheceu, um verdadeiro combatente, um guerrilheiro para se sentir completo tem de estar preparado para tudo, a revolução não se faz só a carregar no gatilho, filosofou. E sorriu. Militantemente.

Quando acabou de montar a tenda, começou a esvaziar a mochila, uma gentileza do Partido para com os camaradas mais aplicados. Mais dedicados. Tinha um certo orgulho nela, e não o escondia, era a menina dos seus olhos, a sua inseparável companheira. Levava-a para todo o lado, para o liceu — como não tinha muita queda para os estudos, nem talento junto do público feminino, era a sua arma secreta para impressionar os professores e o que sobrava das miúdas —, para as animadas partidas de futebol — apesar da dedicação, não era muito dotado, ficava sempre como suplente não utilizado —, para as mais variadas atividades partidárias — sempre dava algum jeito para a ostentação, para arrumar a mais variada documentação. Aquela mochila era uma prova do seu estatuto, um sinal exterior de revolução.

Naqueles tempos conturbados, agitados, que se viviam no Mindelo, nem era preciso mostrar o cartão de militante — aliás, nem havia, por causa de uma avaria na tipografia. Uma avaria suspeita, desconfiava o Partido, uma vez que o seu proprietário estava *conotado* com a reação por causa de umas *bocas* que deixou escapar numa conversa no Café Royal. A mochila encarregavase, por isso, de fazer a separação das águas, a ilha dividia-se entre quem tinha e quem não tinha uma. Ele tinha.

Zapata começou por retirar a pequena lanterna, a joia da sua coroa, testou as pilhas, estavam ainda *boas para as curvas*, depois procurou as velas, duas, sempre duas, para evitar qualquer imprevisto de última hora, os fósforos soviéticos à prova de água, a lata de conserva de atum da ilha da Boavista, o saco de plástico transparente com quatro mãos cheias de arroz, a garrafinha com óleo, uma pitada de sal embrulhada em papel de jornal, um cantil de plástico com água do Madeiral. O *picante*, nunca esquecia o picante. E um pacote de bolachas de água e sal para qualquer emergência.

Aristóteles controlava o desenrolar das operações com olhos sebosos, teimosos. Envergonhados. Por duas razões. O lacaio de estimação de Zapata ainda não tinha estatuto para ter uma mochila do Partido e também porque trazia consigo apenas algumas fatias de pão de forma e uma lata de salsichas. Mesmo assim era um festim, pelo menos comparado com os outros dois camaradas, que, como sempre acontecia, tinham por farnel uma mão cheia de nada.

Bob e Frederico embarcaram naquela missão de mãos a abanar, descontando, é claro, a garrafa de setenta e cinco centilitros de aguardente, sorrateiramente subtraída da garrafeira do pai de Bob, um alto funcionário das Alfândegas que se encontrava há vários meses na Metrópole a tentar acelerar o processo da sua *reforma* na Função Pública. Mas isso era segredo, segredo de Estado, oficialmente, oficiosamente, encontrava-se em tratamento médico — vou mesmo ter de ir a Lisboa consultar este meu problema na coluna, foi assim que, durante semanas a fio, justificou a inevitabilidade da viagem. Ninguém desconfiou. Ainda bem, porque, se fosse descoberta a verdade, seria acusado de ser mais um lacaio do colonialismo. No mínimo dos mínimos.

Quando Zapata deu por terminados os trabalhos de logística, sacou do apito preto que trazia no bolso das calças e esvaziou o fôlego que ainda lhe restava nos pulmões — era a ordem para os outros camaradas se concentrarem junto à parada improvisada mesmo em frente da tenda. Como sempre, Bob foi o último a chegar, continuava ausente, pior ainda, não caminhava, arrastava os pés, ar *gingão* de ator de cinema. Em contrapartida, Aristóteles foi o primeiro a responder presente, era sempre assim, mesmo nas situações mais adversas a sua dedicação revolucionária nunca esmorecia. Nunca desconsolava.

— Camaradas, queria, antes de mais, pôr-vos a par de alguns segredos desta missão... — Zapata começou a abrir o livro da operação. E sorriu. Militantemente.

Aquele discurso estava a sair-lhe bem, pensou, afinal isso da arte da oratória não se aprende em nenhuma escola, em nenhum livro em particular, nasce conosco, é um dom, está na massa do sangue, confirmou junto ao ponto e vírgula que aguardava ansiosamente *guia de marcha*. Só assim se explica que, sem mais nem porquê, sem qualquer treino, qualquer ensaio prévio, tivesse sublinhado a palavra alguns. E fez muito bem, reconheceu, chefe que é chefe nunca partilha com os seus subordinados todos os segredos de uma delicada missão.

Depois desta augusta reflexão, deste ponto de ordem para massagear o ego, continuou a desfiar banalidades, não há dúvida de que tinha aprendido bem a lição, sabia que a regra de ouro de qualquer discurso político é que banalidade atrai banalidade. Basta dizer a primeira, meter a segunda, a terceira, sei lá, a quinta e é sempre a andar, sempre a *aviar*, o ideal é que no final seja um *chorrilho* de banalidades. Ainda bem que assim é, pensou ele, porque como é óbvio não tinha segredo nenhum para partilhar, mas uma missão sem segredo não é missão, ou então não merece o rótulo de muito importante, é como *cachupa sem picante*.

— O nosso Partido confiou-nos esta importante tarefa... — prosseguiu a sua lengalenga anestesiante.

Zapata falava pelos cotovelos, parecia que tinha um turbo na boca, mas não, tinha sim um cassete de frases pré-gravadas na cabeça, frases que armazenou nas horas e horas passadas na Biblioteca do Partido, que decorou nos intermináveis comícios no pátio do Liceu Novo, e a que, agora, precisava dar vazão. Dar um destino.

Assim que acabou a palestra introdutória, deixou o pensamento navegar, por mar, porque foi atracar numa outra ilha, em Cuba, pensou em Fidel Castro, no comandante supremo das revoluções do mundo inteiro, *trauteou* uma melodia em sua honra que estava muito na moda.

Bob, entretanto regressado do banho de mar *retemperador*, começou a acompanhá-lo à viola. Mas mal ouviu os primeiros acordes, Zapata colocou um ponto final na canção. Aquilo cheirou-lhe a provocação. Mas não abriu mão do sonho, da ilusão. Um dia também hei de falar horas a fio para as grandes massas, ser aplaudido de pé pelos camponeses, estudantes e operários, pelos proletários, sonhou acordado. Um dia hei de ser como

Fidel, concluiu, deixando cair o *apelido* do líder cubano, o que, por si só, era uma prova de certa intimidade com *El Comandante*.

— Agora vamos fazer um pouco de treino de tiro — disparou de rajada.

A curiosidade dos outros camaradas de missão arrebitou. Finalmente iria haver um pouco de ação. A tão desejada animação.

— Vamos mesmo dar uns tiros? — Bob era a curiosidade em carne viva.

— É claro que não. — Zapata emendou a mão.

Nem podiam. Só dispunham de um revólver, apenas cinco balas, estavam em período de racionamento, de contenção, havia instruções precisas quanto à sua utilização. As munições só deviam ser utilizadas em último caso, em caso de defesa contra um ataque do inimigo imperialista norte-americano, o Comandante Zero fora bem claro nesta questão. Mas Zapata tinha a solução, a *forquilha* feita com restos de pneus que trazia no bolso de trás das calças de ganga roçadas de fadiga foi a sua salvação.

— Para estas brincadeiras não contes comigo — foi este o veredicto de Bob quando se apercebeu do caricato da situação.

Frederico nem precisou de dizer o que lhe ia na alma. Ele e Bob tinham uma cumplicidade, uma amizade à pro-

va de bala — era isso mesmo que o seu amigo cabo-verdiano não se cansava de lhe dizer —, eram colegas de turma, tinham a mesma idade — quinze anos, mais dia, menos dia —, partilhavam dos mesmos gostos, dos mesmos interesses. Partilhavam as mesmas respostas. Resumindo e concluindo: eram amigos de peito, unha com carne, nem precisavam de furar o dedo para saber que seria assim para o resto da vida.

Frederico assinava sempre de cruz por baixo de cada uma das suas frases. De cada uma das suas travessuras. Para o metropolitano, o mais importante era a amizade, a paródia vinha logo a seguir. Para a dupla qualquer pretexto era bom para uma festa. E, neste particular, o seu amigo cabo-verdiano era um perfeito mestre-de-cerimônias.

— Coloca a garrafa em cima daquela rocha — ordenou Zapata ao seu lacaio de estimação e único parceiro na prova de tiro, ao mesmo tempo que estendia os braços em direção ao local onde deveria ser instalado o alvo.

E os dois ficaram a atirar pedras, pedras e mais pedras, o areal agradeceu, mas por mais empenho, mais esforço, mais dedicação, não acertavam uma, a forquilha corada de vergonha, até parecia que falhavam o alvo de propósito.

Bob começou a ficar tão desesperado com tamanha *aselhice* que o seu violão até perdeu o compasso. Com uma pontaria daquelas, o inimigo estava à vontade, ironizou com palavras viperinas, podia dar-se ao luxo de anunciar o dia e a hora da invasão. Podia mesmo exigir champanhe e tapete vermelho para abrilhantar o desembarque.

— Passem-me a forquilha — solicitou.

Aristóteles olhou para Zapata, era a sua maneira de lhe pedir autorização, as pupilas dos olhos do camarada chefe da missão não acenderam qualquer sinal de negação. E ele estendeu a forquilha. Bob agradeceu, mirou o alvo, fechou o olho direito para melhor localizar a zona do impacto, depois balançou o corpo, para a frente e para trás, balançou, balançou, a forquilha rebolou, rebolou, a pedra partiu, decidida, acertou em cheio. Foi tiro e queda.

— Já está na hora de preparar o jantar. — Foi com rispidez que Zapata anunciou o fim da sessão de tiro.

Bob não insistiu na provocação, *não deu azo* à gozação, sabia que não tinha munições para aquela discussão, sobretudo agora que se aproximava o seu momento de aflição — como não tinha trazido qualquer farnel, iria ter de recorrer aos bons ofícios de Zapata para aconchegar o desconforto que já ruminava no seu estômago.

Regra geral, nem era muito difícil. *Armadilhado* pelas noções de logística, o aprendiz de guerrilheiro, o aspirante a dirigente, fazia sempre comida para mais do que um batalhão. Mas agora era diferente, ainda estava a remoer a humilhação provocada pelo golpe certeiro da forquilha.

— Será que o camarada Zapata podia ceder um pouco de arroz com atum a este camarada combatente? — questionou Bob, meio a brincar, com palavras de subordinado obediente quando as suas narinas esfomeadas detectaram o perfume do cozinhado de Zapata.

Apesar de apreciar estas reverências, estes floreados revolucionários, Zapata nem se dignou a desviar o olhar. E engoliu, em silêncio, a primeira garfada do seu prato preferido.

— Vá lá, camarada Zapata. Um chefe nunca deixa um combatente morrer à fome — voltou a passar-lhe a mão pelo pelo.

Zapata continuou a fazer ouvidos de mercador aos insistentes pedidos do seu camarada de missão. Bob pressentiu o pior, o caso estava a ficar mesmo muito complicado. Tanto mais que o banho de mar lhe tinha aguçado o apetite, a sua fome já delirava com a imagem de um simples guardanapo, já sonhava com o famoso bife com batatas fritas da Pensão Chave d'Ouro, aquele molho, suculento, aquela carne, macia, argentina, não lhe saíam do pensamento. Por isso, em desespero de causa, não teve outro remédio senão disparar mais uma rajada.

— Ouve cá, Salazar... Não me vais deixar passar fome, pois não?

O impacto foi letal — Zapata sentia um ataque de urticária de cada vez que ouvia alguém pronunciar o seu maldito nome de batismo. Era o seu ponto fraco, a sua frente desguarnecida. A sua maior vergonha política.

— O camarada pode servir-se à vontade — ordenou com palavras desgarradas da boca, numa tentativa de pôr um ponto final àquela conversa.

Bob não se fez rogado, encheu um pedaço de cartão até transbordar. Apesar do delicioso aroma, de arroz com atum o cozinhado de Zapata só tinha o nome, era sobretudo arroz com uma nuvem de peixe. Mas a fome tem a virtude de polir todas as imperfeições culinárias, isto está uma maravilha, Bob desabafou, agradecido. Frederico seguiu-lhe as pisadas, também se tinha abastecido generosamente na panela de Zapata. Os dois comeram, bisaram, arrotaram de felicidade. Quando sentiram o estômago mais reconfortado, mais tranquilo, voltaram a atacar o que restava da garrafa de aguardente, era a sobremesa, a garganta ardeu, depois cedeu, ficaram a bebericar, a conversar sobre música e mulheres até as velas se apagarem.

— Camarada Zapata — Bob falava com o estômago cheio —, há uma coisa acerca desta nossa delicada missão de que gostaria de ser elucidado — prosseguiu o interrogatório. — Qual é o interesse dos imperialistas americanos em atacar a nossa ilha? — indagou em tom falsamente sério e com palavras empasteladas pela aguardente.

Zapata não compreendeu que já era o álcool que lhe comandava a língua, as ideias, o sentido de humor. Sentiu-se subitamente importante, lisonjeado pelo reconhecimento da sua revolucionária sabedoria.

— O camarada já tinha a obrigação de saber que as forças imperialistas andam de olho no nosso país — informou, com a pose séria de um destacado dirigente partidário.

— Mas por quê, camarada Zapata?

— Por causa das nossas numerosas riquezas, como é óbvio.

— O camarada não diga. Mas nós temos alguma riqueza? — Bob continuava a fazer-se interessado na conversa.

— Ai temos, temos. Temos muito mais do que o camarada Bob pode imaginar.

— Juro sinceramente que não fazia a mais pequena ideia.

— Ai temos, temos — voltou a sublinhar.

— Mas quais, camarada Zapata?

— O tubarão, por exemplo.

— O tubarão? — Bob teve um genuíno ataque de incredulidade. — O tubarão?! — desta vez a surpresa era genuína.

— Sim, o tubarão — respondeu Zapata, convicto.

— Mas, tanto quanto eu sei, o tubarão come, não dá de comer. — O *Don Juan* do grupo resmungou o seu desconhecimento.

— O camarada Bob está muito enganado. Redondamente enganado — salientou.

— Como assim?

— Eu vou explicar ao camarada, por a mais bê, porque é que está muito mal informado. — Zapata gostava particularmente quando adotava a pose didática. — O camarada está redondamente enganado — voltou a ressaltar.

— Mas então porque é que só agora descobriram isto?

— É aqui que está o problema.

— Como assim?

— A explicação é simples... Muito simples.

— Ó Salazar, desembucha logo...

Desta vez, o nome próprio do antigo presidente do Conselho saiu-lhe sem querer. Desta vez, o aprendiz de guerrilheiro, o futuro dirigente partidário nem sequer *ripostou*, amorteceu o impacto com galhardia, estava de peito feito, sob efeito da injeção de importância que Bob lhe tinha administrado, estava imune, vacinado contra o seu triste legado.

— O problema, o único problema, é que o colonialismo nunca deu nenhum valor às numerosas riquezas da nossa terra. — Zapata utilizou outra das suas tiradas preferidas.

O colonialismo português devia ter as costas largas, devia fazer halteres e musculação, bicicleta e flexão, só assim se explica porque é que era sempre o culpado de tudo o que acontecia em Cabo Verde — da falta de chuva, da escassez de vinho tinto, do jornal desportivo *A Bola*, que, agora, chegava sempre atrasado, das sementes que não pegavam, do mau ano agrícola.

— Mas o camarada Zapata está mesmo a falar a sé-

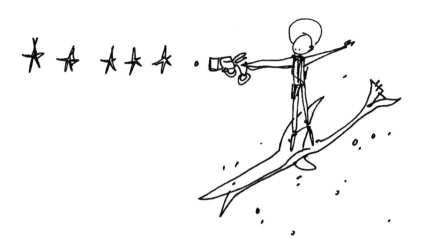

rio? — Bob não conseguia esconder o seu sorriso *trocista*. Sentia sempre um certo gozo quando Zapata começava a levar-se a sério. A sentir-se importante. Militante.

— E isso é uma das coisas boas que o nosso Partido felizmente trouxe para esta terra. — O aprendiz de dirigente continuava a louvar as virtudes do PAIGC.

Zapata começou então a dissertar sobre o enorme potencial do tubarão. Falava de ouvido, nunca tinha lido nada sobre o assunto, tudo o que sabia era de ter ouvido dizer. Eram extratos de um discurso a que alguns dirigentes do Partido recorriam nos primeiros tempos logo após a chegada a Cabo Verde para cativar as plateias mais hostis. Mais reacionárias. Quem o ouvisse a falar assim, com tantas certezas, tantas convicções, ficaria a pensar que o ouro era passado, que o petróleo já era e que o diamante nem chegou a ser. Agora o que estava a dar era mesmo o tubarão.

— Nunca, mas mesmo nunca na vida, podia imaginar uma coisa destas, camarada Zapata. — Bob continuava a *deitar achas na fogueira* da sua vaidade.

— É por isso que o nosso Partido aposta tanto nas sessões de esclarecimento. É por isso, camarada...

— E faz muito bem. — Bob fez que concordou. Depois acrescentou:

— O camarada tem toda a razão. A ignorância é a principal inimiga da revolução.

Bob tinha aprendido por experiência própria que para manter viva a chama de uma boa conversa revolucionária não era necessário nenhum dom especial. O importante era apanhar o tom. O importante era estar sempre atento, conseguir descortinar a palavra-chave, embrulhá-la numa nova roupagem, devolvê-la ao remetente com uma nova entoação. Era isso mesmo que fazia sempre que o diálogo parecia não ter fim.

Já Zapata sentia-se na pele de um pregador que acaba de converter mais um infiel. Aquela história do tubarão tinha sido um sucesso. Por isso continuou a escamar o tema de conversa. A apostar na divulgação.

— E no que diz respeito ao tubarão, estamos, sem dúvida alguma, muito bem servidos. Coisa que não fal-

ta aqui nos mares de Cabo Verde é este perigoso cação.
— Zapata recorreu ao dicionário da Porto Editora para abrilhantar o seu discurso.

— "Ca" o quê? — Bob foi apanhado desprevenido.

— Tubarão, cação, é a mesma coisa — elucidou Zapata. E prosseguiu o seu raciocínio:

— O camarada Bob imagine que nós até temos o tubarão-martelo. — Zapata estava decididamente *cheio de sangue nas guelras.*

— O camarada tem toda a razão. Já me tinha esquecido disso.

— E os camaradas aqui presentes — Zapata tentava deste modo alargar a sua audiência —, os camaradas, dizia eu, nem imaginam quanto valem, por exemplo, as barbatanas de tubarão — disse a dado momento, embalado pelo calor das revelações.

— O camarada não diga! — Só Bob atreveu mais uma provocação.

— Os camaradas não sabem, mas os nossos camaradas da República Popular da China pagam uma fortuna por elas. Parece que fazem uma sopa que é uma verdadeira iguaria — acrescentou Zapata.

— Mas por quê? O que é que a barbatana de tubarão tem assim de tão especial? — Bob arriscou uma dupla pergunta.

— Parece que é um nutriente fundamental para o

crescimento humano. — Zapata mentiu de propósito. Nunca iria explicar a Bob que a barbatana de tubarão tinha qualidades afrodisíacas, porque ele converter-se-ia na hora à caça submarina e só descansaria quando acabasse de vez com o último exemplar da espécie.

Frederico, que acompanhava a conversa a uma distância prudente, passou a palma das mãos demoradamente pela nuca. Quem o conhecia sabia que aquele era mau prenúncio, sinal de que já não conseguia mais aprisionar as suas palavras.

— Não me digas que tu ainda acreditas nessas *parvoíces*? — escarrou a sua indignação.

Zapata ficou fora de si — até aquele agente infiltrado se atrevia agora a dar palpites sobre o futuro da revolução. Sobre as riquezas da Nação. A sua cara era a imagem do desprezo, os lábios tremiam de raiva, os olhos vomitavam ódio. Mas nem precisou de alinhavar um ameaço de resposta, porque o seu lacaio de estimação assumiu a dianteira da contraofensiva.

— O camarada, camarada salvo seja — emendou prontamente o discurso —, deveria tomar mais atenção ao que diz. Está com tiques de pequeno burguês reacionário — assegurou com palavras saídas diretamente do manual do perfeito militante.

— *Está mas é calado!* — Frederico continuava com o sangue a ferver.

Aristóteles acusou o embate — não estava à espera de uma reação tão vigorosa de Frederico. Calou-se. Zapata compreendeu que tinha acabado de perder a sua lebre em combate — o filho do colonialista voador servia sobretudo para desgastar a paciência dos seus adversários antes de ele *entrar em liça* — e começou a preparar uma ofensiva devastadora. Bob compreendeu os atalhos perigosos por onde a conversa estava a descambar e saiu prontamente em defesa do amigo.

— Que tal uma partida de cartas? — sugeriu, ao mesmo tempo que olhava para Frederico com olhos de mediador.

O filho do capitão dos Portos do Mindelo foi quem retirou o velho baralho do bolso num claro sinal de cessar-fogo.

BALA 4

O Sol não morre todos os dias da mesma maneira. Nem à mesma hora. Às vezes vende cara a sua luz, esperneia as réstias do seu brilho, quer continuar no seu trilho, para ele é uma questão de honra. De vida ou de morte. Outras vezes é como se tivesse perdido o norte, o tino e o destino, é um desatino, cavalga apressadamente para a linha do horizonte, deixa-se engolir pela Lua sem oferecer resistência, desaparece sem deixar rasto. Foi isso mesmo que aconteceu naquela noite de vigilância revolucionária devido à iminência de um ataque imperialista à praia de São Pedro.

Quando a escuridão chegou, Zapata tratou logo de acender a primeira vela, não foi nada fácil, não havia maneira de ele encontrar a enorme caixa de fósforos soviética no interior da mochila. Mas já diz o ditado popular que quem procura sempre alcança, e ainda bem que assim é, o autoproclamado líder da expedição já começava a desesperar, não queria nem imaginar o que seria se tivesse de passar a noite inteira na mais profunda escuridão. Aristóteles observava-o com olhos pacientes, obedientes, sempre à espera de um gesto, um sinal, de uma oportunidade para se sentir útil. Para agradar.

Bob pouco se importava com as contrariedades vividas por Zapata, nem sequer fez menção de o ajudar, estava noutra, numa outra dimensão, a aguardente aquecia-lhe o coração, tinha a companhia do seu amigo violão. O metropolitano Frederico acompanhava-o, como sempre, na aguardente e no refrão, também ele estava numa outra dimensão, sentia a excitação própria de quem consome a vida com imensa paixão.

Bob começou entretanto a dedilhar os primeiros acordes de *No Woman no Cry*. Era um dos primeiros sucessos de Bob Marley & The Wailers, um grupo de *reggae* da Jamaica que começava a dar que falar e cujos discos um emigrante na Holanda trouxe na bagagem para alegrar as suas férias na ilha de São Vicente. Da primeira vez que o ouviu, Bob não estranhou. Entranhou. E fumou a sua primeira erva, logo ele tão avesso ao fumo do tabaco. Alucinou. E sonhou com a bela Paula Cristina, parecia ainda mais bela do que ao natural. Gostou do que viu. Sobretudo do que sentiu.

— Tu tocas sempre a mesma coisa. Não conheces outro tipo de música? — protestou Zapata, indignado, mal ouviu as primeiras palavras, ainda por cima, em inglês.

— Melhor do que isto não há — ripostou Bob prontamente em defesa da sua dama.

O outro tipo de música a que Zapata certamente se referia era a uma das muitas baladas de *cariz* revolucionário, partidário, que todos os dias viam a luz do dia na cidade do Mindelo. As letras eram quase todas *tiradas a papel químico*, todas diferentes todas iguais, qualquer compositor — qualquer gato-pingado, nas palavras de Manuel de Novas, um dos mais inspirados trovadores da ilha — já sabia que bastava meter no refrão o nome do fundador da nacionalidade, Amílcar Cabral,[5] ou então baralhar e voltar a dar, palavras de ordem do gênero "Unidade e Luta", "Guiné e Cabo Verde". Assim sendo, tinham logo a bênção da revolução.

Zapata sabia-as todas de cor e salteado, sentia-as a dançar na ponta da língua, só tinha pena que a sua voz não ajudasse, era demasiado aguda, quase feminina, razão de sobra para nunca se atrever a cantar em público, nem mesmo nos saraus culturais, a coberto do anonimato, envolto na capa da multidão.

— Camarada Bob, porque é que tu não tocas uma das nossas músicas? — Zapata voltou a insistir.

— Como, por exemplo?

---

[5] Amílcar Cabral (1924-1973): político guineense, um dos fundadores do Partido Africano para a Independência da Guiné e Cabo Verde e cabeça da guerrilha pela libertação desses dois países do jugo português. Morreu assassinado.

— Olha, aquela que fala no Patrice Lumumba e no Amílcar Cabral — era mais do que óbvio que Zapata queria desviar o diálogo para os caminhos da revolução.

É claro que Bob também conhecia aquela célebre melodia. Quem é que naquela altura, no Mindelo, não a conhecia? Começava assim: "Primeiro Patrice Lumumba/ Kwame N'Krumah, depois[6]/ Mais tarde, Che Guevara/ E agora com Amílcar, Amílcar Cabral". Começava assim, e depois prosseguia a sua romaria, a sua homenagem pelos líderes revolucionários do mundo inteiro.

Na verdade, não era das que Bob mais detestava. Até gostava. Mas não era para cantar, era mais para dançar. Como era lenta, esquecia a letra, colava o seu par contra o peito, dançava *a preceito*. Era das poucas chamadas músicas de intervenção que lhe despertavam alguma emoção. Mesmo assim...

— Por favor, essa não! Uma pessoa começa a ficar enjoada de tanto a ouvir. — Bob recusou liminarmente o pedido.

— Enjoado? Esta não é uma música qualquer. Ninguém pode ficar enjoado por ouvir um hino à revolução.

---

[6] Patrice Lumumba (1925-1961): líder da luta pela independência do Congo Belga, foi eleito primeiro-ministro em junho de 1960, e assassinado poucos meses depois. Kwame N'Krumah (1909-1972): líder da independência de Gana, governou o país de 1957 a 1966.

— Eu fico.

— Desculpe que lhe diga, mas o camarada Bob está a ir por maus caminhos. — Zapata deixou escapar mais uma recriminação.

— Queres uma música de intervenção? Então que tal esta.

E Bob começou a cantar o *I Shot the Sheriff*, de Bob Marley, como não podia deixar de ser. Zapata compreendeu que não havia mais volta a dar. Definitivamente, aquele camarada não estava com a cabeça no lugar. Estava no ar. Indiferente, Bob continuou a cantarolar: *But I did not shoot the deputy*, repetiu o conhecido refrão, subiu ainda mais o tom da voz.

E não era provocação. Se Zapata quisesse mesmo ouvir música de Cabo Verde, pensou Bob, a verdadeira, a genuína música de Cabo Verde, prosseguiu assim o seu entendimento, então teria convidado Cesária Évora e Dany Mariano para abrilhantar a missão. Para animar o pelotão. Nem era muito difícil. Bastava providenciar uma garrafa de aguardente, nem era preciso ser velha, nem mesmo de Santo Antão, e ela descalçava logo a beleza da sua voz, ele puxava pela pureza do seu violão, aquela era mesmo uma dupla imbatível, um verdadeiro dois em um em matéria de emoção.

A tênue luz da vela entretanto dançou, dançou, vacilou, vacilou, até que se apagou. Quando a segunda vela desmaiou, a noite invadiu a tenda cubana. Era uma noite escura, silenciosa, espessa. Uma noite estranha. Sem luz, sem Lua. Uma noite de breu. Uma noite ideal para um ataque traiçoeiro. Foi isso mesmo que Zapata pensou — é tido e sabido que, matreiro como é, o inimigo aproveita sempre a sombra da noite para atacar, é um princípio sagrado, vem em todos os manuais militares —, por isso, era preciso acautelar as posições defensivas, aumentar a vigilância na linha da frente, elaborar um plano detalhado para um contra-ataque demolidor.

Este exercício de estratégia era, sem dúvida, muita areia para a sua cabeça, a inteligência, a capacidade de raciocínio, de análise, nunca foram o seu ponto forte, de resto ele era mais um seguidor do que um pensador. De cada vez que tentava juntar dois pensamentos, alinhavar um embrião de discernimento, os neurônios reclamavam, nunca tinham tido grande exercício, não tinham músculo para grandes empreendimentos. Então, a testa vergava-se ao peso de tamanha responsabilidade, o olhar baixava *a meia haste*, e Zapata ficava cabisbaixo, pensativo. Distante.

É talvez por isso que se diz que o poder pesa — quantos, como eu, já devem ter experimentado esta sensação no passado, pensou. Quantos, como eu, já devem ter vivido a angústia solitária do guerrilheiro no momento das grandes decisões, ajuizou. Sentiu-se mais reconfortado, mais aliviado, afinal, sempre fazia parte de uma elite. E sorriu. Militantemente.

— Qual é o camarada que se oferece como voluntário? — perguntou, mal ultrapassou as suas mil e uma dúvidas existenciais.

A resposta foi um silêncio andarilho. Aristóteles foi o primeiro a pressentir o perigo, sabia, por experiência acumulada, que quem sempre se lixa é o mexilhão, que a corda parte sempre pelo lado mais fraco, pelo seu lado, é claro, era fatal como a revolução, as coisas acabavam sempre por sobrar para ele. Deixou-se afundar por detrás da manta cinzenta de lã, talvez pelo efeito do calor encolheu, encolheu, de nada lhe valeu, foi a sua bossa que, mais uma vez, o denunciou. Mas mesmo que assim não fosse, vinha dar ao mesmo, a verdade é que Zapata não tinha outra alternativa, Bob e Frederico continuavam a enfrascar-se em aguardente, a cantarolar mais uma música de Bob Marley, a delirar com histórias de mais uma morena de cortar a respiração, a inventariar mais uma camarada para enfeitar a coleção. A conspirar mais um exercício de sedução.

— O camarada Aristóteles vai ter a honra de assegurar o primeiro turno desta noite — ordenou Zapata com palavras solenes, enfeitadas de circunstância, de maneira a conferir alguma pompa à situação.

— Mas camarada Zapata... — o seu lacaio de estimação ainda ameaçou uma resposta. Ensaiou um protesto.

Mas o chefe da missão não tinha mais nenhuma outra opção. Olhou para ele com olhos de chefe, avançou logo com uma justificação. No fundo, fez-lhe sentir a importância do seu contributo para a revolução, o seu papel no futuro da Nação.

— O camarada Aristóteles deveria estar agradecido. Este é um privilégio apenas reservado aos melhores filhos da nossa terra. Aos verdadeiros combatentes — foi assim que procurou afagar-lhe o pelo da militância.

— Mas camarada Zapata... — o medo de Aristóteles continuava a falar com palavras de veludo.

— É como lhe digo. Muitos dos camaradas do PAIGC, muitos dos melhores filhos da nossa terra, gostariam de ter a sua sorte. — Zapata continuava a apostar na persuasão.

— Mas camarada...

O fusível da tranquilidade de Zapata não aguentou. Disparou.

— Não tem mas, camarada Aristóteles... E leva esta lanterna, que pode ser precisa — ordenou.

O camarada bajulador não teve outro remédio. Cedeu. Acedeu. Ao abandonar o quartel-general da missão cruzou os dedos, primeiro, fez o sinal da cruz, depois, às escondidas, é claro, caso contrário poderia ser mal interpretado, arriscava ser desqualificado. Excomungado. O Partido e a Igreja andavam de costas voltadas, nos tempos que corriam ser ateu era um verdadeiro atestado de qualidade. Mas naquele momento ignorou as recomendações partidárias, precisava de alguma coisa para amparar a sua angústia, e, manifestamente, a fé era a bengala que estava mais à mão.

Apesar da divina proteção, o coração de Aristóteles era o Diabo à solta. O sangue fervia nas veias, as pernas tremiam que nem um velho chocalho, os olhos eram lâmpadas de medo. Mesmo assim lá conseguiu alcançar a rocha, o posto avançado de vigilância, estava distante ainda alguns bons metros da tenda verde-azeitona, encarou a escuridão com o olhar esmagado pela angústia. De quando em vez falava, ao princípio com a voz quase silenciosa, depois mais audível, mais perceptível, quem sabe se assim conseguia afastar os pesadelos que dançavam na sua cabeça.

— Alto aí, inimigo — era assim que, *volta não volta*, procurava intimidar o invasor, ao mesmo tempo que apontava a luz da lanterna em direção à escuridão.

A resposta do inimigo era um longo e arrepiante silêncio. E o medo crescia ainda mais, cresceu, cresceu tanto que atingiu a maioridade. A valentia nunca foi o ponto forte de Aristóteles, a sua serventia, a sua única serventia, para além da bajulação, é claro, era a sua insignificância, era isso que fazia com que pessoas da estirpe de Zapata pudessem dar-se ao luxo de olhar de cima para baixo e se sentissem ainda mais importantes.

— Alto aí, inimigo — voltava a gritar em direção à escuridão. E disparava mais um jato de luz da lanterna emprestada por Zapata numa desesperada tentativa de aclarar o seu medo.

E o tempo foi escorregando, cada segundo um dia, cada minuto uma eternidade. Aristóteles tremia ainda mais, as suas pernas já não eram chocalho, eram concertina a soltar tango. Ele era o medo em carne viva. Começou a transpirar, a desesperar, suores frios a delirar, nunca mais era substituído, o segundo turno não passava de uma miragem. Por aquele andar ainda iria passar a noite inteira naquele tormento, pelo barulho da música que lhe chegava da tenda, podia mesmo esperar sentado que certamente não haveria nem mais um voluntário a oferecer-se para o substituir.

— Alto aí, inimigo. — Aristóteles continuava a enfrentar a noite e os seus invisíveis fantasmas.

De tanto uso, a lanterna começou a fraquejar. A vacilar. A sua luz perdeu chama, perdeu alma, já não lhe iluminava a sola dos pés, quanto mais o perímetro de segurança. E o tempo passava, passava, e nada. E ele olhava, olhava, e nada. Só via medo. Medo por todo o lado. Por tudo e por nada. Foi esse medo que lhe ali-

mentou a coragem, lhe indicou o caminho de regresso à tenda.

— O que é que o camarada Aristóteles está a fazer aqui? Não sabe que não pode abandonar o seu posto de vigilância? — Foi assim que, num tom francamente reprovador, Zapata lhe deu as boas-vindas.

— Eu sei, camarada Zapata. Mas o meu tempo já esgotou e o segundo turno nunca mais começa — tentou desesperadamente justificar o abandono da missão de observação.

— O camarada não me diga que está a querer desrespeitar ordens superiores — o chefe esgrimiu uma ameaça.

— Não, camarada... É claro que não, camarada chefe. Uma ideia dessas nunca me passaria pela cabeça, camarada — o discurso de Aristóteles estava a ficar cada vez mais atrapalhado. Cada vez mais enrolado. Atulhado.

A culpa devia certamente ser da palavra camarada — de tanto pronunciada, já lhe baralhava o juízo.

— Mas o camarada Aristóteles sabe que é a conclusão a que se chega da leitura da situação em apreço.

— O camarada Zapata tinha prometido... — Aristóteles tentou, em vão, justificar-se.

— O camarada não está a querer ensinar o padre a dar a missa. — O aprendiz de chefe repetiu a frase ouvida horas antes da boca do Comandante Zero.

E sorriu. Militantemente.

Estava a aprender depressa. Estava, decidida e empenhadamente, a caminhar no bom sentido. Estava do lado certo na estrada da revolução.

— Mas o camarada Zapata há de reconhecer que isto não é justo...

— Camarada pioneiro... — Zapata levantou o queixo enquanto mastigava as palavras, assim, pensava ele, ganhava mais altura, mais importância. E sublinhou de propósito a palavra "pioneiro", ainda tinha bem presente na memória o *raspanete* que o Comandante Zero lhe tinha dado no coreto da Praça Estrela por causa da bala em falta. Só depois é que prosseguiu o corretivo.

— Aqui quem decide o que é justo, ou não, sou eu.

— O chefe da missão de vigilância foi implacável na resposta.

— Mas, camarada Zapata...

— Já lhe disse que não tem mas. — Zapata foi taxativo.

Aristóteles não aguentou a pressão, o medo era muito maior do que a dedicação, o escuro mais forte do que o sentido de missão, preferia ser uma vítima da revolução a morrer do coração.

— Não volto mais para o posto de observação — decidiu quando se sentiu limitado na sua capacidade de argumentação.

— Não volto, não volto, não volto — confirmou a sua decisão.

— Eu acho que o camarada deveria pesar melhor as suas palavras. Analisar bem o seu comportamento — observou Zapata, com a voz meiga, quase condescendente. A voz de quem pensa que tem argumentos mas sobretudo poder suficiente para convencer o seu interlocutor.

— O camarada Zapata tinha prometido...

— Já lhe disse, e volto a repetir, pela última vez, que aqui quem dá ordens sou eu. Ao camarada só compete cumprir as instruções do nosso Partido.

Apesar de as suas palavras *deitarem fumo*, apesar de já não ter um pingo de paciência, Zapata tentava falar de maneira calma, pausada, educada, de maneira a dar a entender que estava decidido a resolver aquela questão a bem.

— Bom se é assim...

— Se é assim o quê, camarada Aristóteles?

— Bom se é assim — repetiu Aristóteles.

— Gostaria que o camarada me clarificasse de uma vez por todas o seu real posicionamento. — Zapata continuava a tentar demonstrar uma calma que, manifestamente, há muito que já tinha passado o prazo de validade.

— Então se é assim...

— Assim o quê?

— Não vou, não vou e não vou. — O lacaio de estimação destapou finalmente a panela da sua revolta.

— Eu se fosse o camarada pensava melhor...

— Não vou, não vou e não vou. — O disco de Aristóteles estava riscado. Riscado continuou.

— O camarada Aristóteles sabe bem que com uma atitude destas vai acabar por ter muitos problemas. Lembre-se de que o passado não joga muito a seu favor. — Zapata começou a encarrilhar a conversa para a via da chantagem.

— Qual passado? Eu tenho lá algum passado? Só tenho catorze anos. — Aristóteles cuspiu a sua revolta. A sua indignação.

— Vá lá, descontraia-se... o camarada deveria pensar melhor, deveria pensar em si, mas também deveria pensar na sua família, no futuro da sua família — Zapata colocou propositadamente a tónica nesta última frase. — E regressar de imediato ao posto de vigilância para onde foi destacado.

— Não vou, não vou e não vou — era tudo o que ele sabia dizer.

— O camarada Aristóteles sabe que está a pôr em risco esta missão. Tem consciência disso? — Reforçou a certeza com uma pergunta. — O Partido pode ser muito magnânimo, tolerante mesmo, mas não costuma deixar passar em claro este tipo de situações. — Zapata destilou, de seguida, mais uma ameaça.

— Não vou, não vou e não vou.

— O camarada Aristóteles está a colocar-me numa posição muito difícil. Está a deixar-me sem qualquer alternativa. — Zapata voltou a falar com um timbre de voz anormalmente calmo dada a gravidade da situação. Durou pouco. — E volto a repetir... Devia pensar muito bem nas consequências. Não se esqueça de que a sua família também pode vir a pagar por este ato de indisciplina.

Decididamente Zapata era como os ratos — mordia e depois soprava.

— Não vou, não vou, não vou — repetiu Aristóteles uma vez mais.

Durante a troca de conversa com Aristóteles, Zapata nunca parou de aconchegar o revólver. Houve mesmo uma vez que o retirou do bolso da sua calça de ganga roçada, acariciou o gatilho, beijou o cano. Era uma maneira de intimidar o seu antigo lacaio de estimação.

— Não vou, não vou e não vou — era tudo o que Aristóteles sabia dizer.

— Camarada Aristóteles... é a última vez que repito isto. Por isso preste bem atenção ao que lhe vou dizer: o camarada vai ter problemas sérios com o Partido por causa desta sua atitude. A sua família também. Para além disso...

Bob nem o deixou terminar o discurso.

— Deixa o miúdo em paz — saltou em defesa do filho do colonialista voador e antigo bajulador de estimação de Zapata.

Não era nada que o deixasse muito orgulhoso — pior do que um aprendiz de dirigente é o seu lacaio de estimação. Mas apesar de não morrer de amores por aquela minúscula figura, de ter náuseas, alucinações só de ver a sua subserviência rastejante, sentia um aperto no coração de cada vez que via Zapata humilhar alguém, assim, de maneira gratuita, pública, desnecessária.

Desta vez não foi exceção. Aristóteles agradeceu a preciosa colaboração com o olhar, seboso como sempre, rastejante como mandam as regras de um *bajulador encartado*. Mas sabia que a intervenção de Bob não era a solução para o seu problema. Apenas servira para adiar o desfecho da questão.

Zapata nunca lhe iria perdoar a afronta, a desfeita, certamente que o denunciaria junto das mais altas instâncias do Partido, quem sabe se não teria de responder na Corte Marcial. Receber uma severa e exemplar punição.

Por isso ficou prostrado no seu canto da tenda, a pensar na vida. Nas consequências do seu gesto. No seu futuro no seio do Partido. Na sua real importância no futuro da Nação. Aristóteles foi a primeira vítima do *stress* pós-traumático da história da vigilância revolucionária na cidade do Mindelo.

Quanto a Zapata, refugiou-se num outro canto. Numa outra trincheira. Era agora o único guerrilheiro do seu campo, depois do conflito com o chefe, Aristóteles deixou-se desviar estrategicamente para o lado da tenda ocupada pelos restantes colegas de missão. Mas nem o fato de agora se encontrar em minoria esfriou o desejo de vingança do revolucionário alpinista. Aumentou.

Zapata procurou o caderno com folhas de papel quadriculado no interior da mochila, o lápis de carvão devidamente aparado, a borracha a cheirar a limpo — para o caso de cometer qualquer erro de ortografia —, só não elaborou um relatório pormenorizado, detalhado, sobre a situação, por culpa da escuridão. "Não perdes pela demora", resmungou enquanto fitava Aristóteles com os olhos iluminados pelo desprezo.

Mas cabeça de chefe também tem as suas vantagens — ainda bem que assim é porque caso contrário explodia de tanta preocupação, sublinhou Zapata, já imbuído de sentido de responsabilidade —, como tem sempre muitas coisas em que pensar, não pode perder muito tempo com miudezas, aprende a estabelecer metas, definir estratégias, estabelecer prioridades.

E o "caso Aristóteles" — era assim que Zapata já o tinha batizado mentalmente — era um meteorito no universo do PAIGC, pelo menos em comparação com outras questões mais relevantes, como, por exemplo, o fato de aquela frente de vigilância tão importante já não dispor de um único posto de observação.

Alheios a este tipo de preocupações, de divagações, Bob e Frederico continuavam alegremente a esvaziar o que restava da garrafa de aguardente. Já tinham passado em revista todas as mulatas do Mindelo, feito uma lista do deve e do haver. Agora estavam a estabelecer novas metas, a definir estratégias, a decidir as próximas priorida-des, a apostar nas investidas amorosas com menor margem de erro. E enquanto desenhavam novas táticas de combate cantaram todo o repertório de Bob Marley. No fundo, desfrutavam a sua juventude. Tranquilamente.

BALA 5

O medo, o verdadeiro medo, por vezes tem destas coisas. Parece que tem medo do próprio medo. Avança de mansinho, com pezinhos de lã, pé ante pé, como quem não quer a coisa, como quem não quer incomodar. Como quem prefere adiar. Mas, apesar de se camuflar, de hibernar, nunca consegue completamente disfarçar o seu poder. E, mais tarde ou mais cedo, acaba por atacar. Parece que tem sebo, que se cola à nossa pele, que não descansa enquanto não sacia a sua sede.

A primeira consequência direta do fato de a linha da frente ter ficado desguarnecida, despida de qualquer vigilância, foi a subida exponencial do sentimento de medo. Não porque um eventual vigilante, um simples revolucionário, ainda por cima imberbe, um revólver e apenas cinco balas pudessem fazer qualquer coisa em caso de ataque de um inimigo tão poderoso, isso todos sabiam lá no seu íntimo. Mas ele sempre podia ser de alguma ajuda, podia dar um grito, sei lá, abandonar o posto de observação e fugir, e isto, quer se queira, quer não, sempre dava algum conforto.

Desde que Aristóteles desertou das suas responsabilidades nesta matéria que as coisas ficaram mais complicadas. Mais feias. Já não havia vivalma para denunciar um eventual desembarque das tropas imperialistas, ninguém para *suster* a primeira vaga, a primeira ofensiva. Ninguém para um dia mais tarde contar a outra versão desta história.

Na tenda, o silêncio reinava, ninguém falava, mas é óbvio que todos pensavam na mesma coisa. Todos sentiam a mesma coisa. O ranger dos dentes, o bater sincopado dos joelhos, o cruzar dos dedos, eram apenas alguns dos sintomas que denunciavam o gelo que lhes cobria as paredes do estômago. Apenas o inimigo era diferente.

Para os camaradas Zapata e Aristóteles — apesar das divergências de circunstância, dos desentendimentos operacionais, continuavam ideologicamente firmes, decididos, na mesma trincheira —, os imperialistas americanos iriam certamente aproveitar esta falha defensiva para atacar. Era apenas uma questão de tempo. De esperar.

Bob e Frederico não tinham quaisquer ilusões nesta matéria, sabiam que isto de um ataque imperialista não era um argumento de peso, era apenas mais uma arma de arremesso, mais uma estratégia do Partido para arrebanhar os jovens para a sua causa. Os dois sabiam ao que vinham, suspiravam pela animação, não pela revolução, por isso tinham uma visão mais terra a terra da situação. Receavam uma ofensiva, sim, é verdade, mas de um bandido, de um bêbado qualquer. De alguém que depois de se ter enfrascado com aguardente duvidosa, malcheirosa, numa das numerosas *tascas* da pequena aldeia ali mesmo ao lado, se enganasse no caminho de regresso à cidade, e, em vez de guinar à direita e seguir em linha reta rumo ao Mindelo, entretanto cambaleasse para a esquerda, readquirisse o centro de gravidade e fosse desaguar na praia de São Pedro.

O vento começou entretanto a soprar, a soprar, cada vez com mais raiva, mais força, mais intensidade, a tenda começou a abanar, a abanar, estava prestes a levantar voo, parecia que ia ser arrancada ao chão a qualquer momento, aquela fúria avassaladora não podia ser apenas a força dos elementos. Ali deveria haver a mão de um espírito qualquer. De um espírito maligno.

Pela primeira vez desde o início da missão, Bob deu descanso à garrafa de aguardente. Ao seu violão. E transpirou gotas de medo. Mesmo assim não deu parte de fraco, ficou a olhar insistentemente para a porta da tenda, o que quer que fosse que os atacasse naquela noite teria forçosamente de passar por ali. Frederico, sempre muito observador, adivinhou-lhe o pensamento, devia ser a primeira vez desde que o conhecia que o via daquele jeito, meio sem jeito, estava em muito pior estado do que em vésperas de um *ponto de Matemática*.

— Bob, achas mesmo que pode acontecer alguma coisa? — perguntou o metropolitano, em voz baixa, para não causar embaraço ao seu amigo cabo-verdiano.

Mas ele não respondeu, não despegava os olhos da porta da tenda, não descolava as mãos dos bolsos das calças. A navalha de ponta e mola sempre suplicou por uma vida com mais ação, menos demonstração. Talvez tivesse chegado o momento de lhe fazer a vontade.

— Deus queira que o tempo passe depressa. Deus queira — Bob pedia ajuda aos poucos santos que conhecia, derivado das muitas faltas de *comparência* às aulas de catequese.

— Deus queira que o tempo passe depressa — repetia a sua ladainha improvisada com a convicção de um ateu entretanto convertido.

Mas falava baixo, baixinho, um véu de seda a cobrir cada um dos seus dizeres, aliás, não falava, rezava, a maneira como pronunciava cada uma das palavras não deixava qualquer dúvida, ele não queria manter uma conversação, nem consigo nem com qualquer dos seus camaradas de operação, aquilo era mais uma oração. Queria ser tocado por uma bênção.

O medo do escuro tinha-lhe afrouxado as cordas vocais, potenciado o sentimento religioso.

Embriagado pela sua autoridade, Zapata continuava a delirar, perdido no meio dos seus imaginários planos de contra-ataque. Mas era um comandante sem tropas, um general no seu labirinto. O camarada Aristóteles tinha sido uma desilusão, Bob e Frederico eram cartas fora do batalhão. Mesmo assim arriscou dar uma última ordem.

— Preciso de um camarada voluntário que se disponibilize a fazer a ronda no perímetro exterior — disse com a réstia de autoridade que, pensava ele, o usufruto do revólver e das cinco balas ainda lhe conferiam.

Ninguém se dignou responder. Todos pensaram que ele só poderia estar a brincar, a delirar, depois do episódio Aristóteles, ficara bem claro na cabeça de todos, de cada um deles, que mais ninguém tinha nem coragem nem bagagem para levar adiante aquela empreitada.

— Preciso de um camarada voluntário para fazer a ronda no perímetro exterior — repetiu a ordem, perdão, o pedido.

A autoridade de Zapata estava nas ruas da amargura e por mais que se esforçasse já não tinha nem força nem moral para comandar aquela missão. Não tinha alma para suster qualquer invasão.

— Vai tu — responderam os três em uníssono.

— Tu não passas a vida a dizer que és o chefe? Então, agora, chegou a hora de mostrar — acrescentou Bob com palavras ríspidas.

Esta resposta deixou Zapata algo desconfortável — afinal, era do senso-comum que um chefe deve sempre ser o primeiro a dar o exemplo. Mas ele tinha uma outra leitura da situação, mais sensata, diria ele, mais oportunista, responderiam os outros. Na sua opinião, um comandante deve permanecer sempre na retaguarda a orientar as suas tropas, deve manter uma confortável distância em relação aos acontecimentos da linha da frente, só assim consegue ter a cabeça fria, o raciocínio alerta, a capacidade de resposta no *ponto de rebuçado*. Imaginem só o caos que seria caso fosse ceifado na primeira linha e a missão ficasse sem voz de comando, sublinhou deste modo o seu pensamento.

Era por de mais evidente que estas reflexões de Zapata não passavam de uma desculpa, de mau pagador ainda por cima. Também ele estava forrado de medo, queria continuar a distribuir jogo porque não tinha coragem para enfrentar o inimigo, fosse ele qual fosse. Cara a cara. Olhos nos olhos. Coração contra coração.

O medo aproveitou a divisão no seio das tropas nacionalistas para voltar a atacar em força. A tenda recomeçou a abanar, a abanar, parecia que lhe davam apalpões, o ruído do papel a rebolar pelo chão veio acrescentar mais um sopro de terror à *banda sonora*, de vez em quando ouviam-se uns barulhos esquisitos, pareciam passos de gente, um latido de um cão ao longe, a sombra de uma lagartixa era um crocodilo, a luz do farol uma trovoada. O medo estava cada vez mais claro, mais perto,

mais vivo. Mais presente. Até o barulho das ondas do mar a espraiarem-se na areia provocava arrepios de pânico.

Bob tentou dar de beber à sua angústia, quem sabe se assim a conseguia acalmar, embriagar, mas já não havia nem mais uma gota de aguardente para amostra. Revoltado, arremessou a garrafa para o mar como que a querer culpá-lo pelo sucedido. A garrafa boiou, boiou, desapareceu.

Trancado no seu isolamento, Aristóteles pensava tratar-se de uma artimanha do inimigo para os desmoralizar, para os desestabilizar — ficou feliz da vida com tão augusta reflexão, era a prova de que a sua *costela* revolucionária continuava intacta, apesar das divergências com o chefe —, mas, se assim fosse, o objetivo tinha sido alcançado, reconheceu, no estado em que se encontrava a frente de vigilância da praia de São Pedro, qualquer ataque seria faca quente a passar por manteiga derretida.

Zapata tinha uma outra leitura dos acontecimentos — devia ser o Partido a testar as suas capacidades de liderança. O pensamento fez-lhe bem à autoestima — destroçada em virtude dos mais recentes acontecimentos —, arrebitou-lhe o ego, arregaçou-lhe o moral, ego e moral de mãos dadas, sempre em crescendo. Voltou a acariciar o revólver, afastou o medo, voltou a passar o indicador direito pelo gatilho, respirou um novo alento.

— Está tudo sob controle? — a voz do Comandante Zero rasgou, com estrondo, o muro da escuridão.

Os quatro jovens vigilantes não reconheceram de imediato o toque de comando, a voz do chefe, o timbre atabacado, enrugado, do Comandante Zero. Deram um salto para trás, a tenda vacilou, vacilou, desabou, soterrou os seus corpos, esmagou os seus pensamentos, abafou qualquer lustre de discernimento. Aumentou o medo, que já não era pouco.

Os quatro ficaram enrolados uns nos outros, sardinhas empanturradas em lata de conserva. No meio da confusão, Aristóteles levou uma violenta cotovelada no sobrolho, sangrou, Bob espreguiçou a sua claustrofobia, sossegou, Frederico tentou livrar-se do peso do pelotão, *desconseguiu*. Mas o mais agitado era Zapata, rolava de um lado para o outro que nem barata perseguida pela sola de um sapato, sempre aos gritos, procurou ajuda na sua preciosa lanterna, mas o medo de Aristóteles durante o período de vigilância no exterior tinha consumido as duas pilhas.

O aspirante a dirigente deixou entretanto escapar uma flatulência, o ambiente empestou, não havia uma nesga de oxigênio para irrigar os pulmões. Mesmo assim não se acalmou, sempre de revólver em riste, o cano da arma roçou, por mais de uma vez, uma têmpora mais distraída, cuidado com a arma, ouviu-se. Mas ele apenas gritava:

— Mãos ao ar, senão disparo.

O Comandante Zero bem que tentou controlar a situação, perdeu a voz de tanto gritar, ninguém ouvia, ninguém o via e, sobretudo, ninguém conseguia desembaraçar-se daquela prisão de lona, acertar com a saída da tenda.

— Mãos ao ar, senão disparo. — Zapata continuava a ameaçar com uma carnificina.

— Como é que queres que os gajos respondam. Os soldados americanos só falam inglês... — a voz de Frederico fez-se ouvir no fundo daquele rebuliço.

— *Hands up!* — disparou Zapata de imediato, fazendo uso do escasso vocabulário aprendido no cinema Éden-Park nos filmes de índios e caubóis.

Nenhum imperialista americano respondeu ao apelo de rendição. Em vez de inglês, ouviu-se bom português, saído diretamente da boca do Comandante Zero.

— Vamos acabar com esta brincadeira. E é já — ordenou, alto e em bom som.

Desta vez ninguém teve nenhuma dúvida — era mesmo a voz do Comandante Zero. Os quatro pioneiros, aspirantes a vigilantes, saíram da tenda, um a um, em silêncio, nenhum deles teve coragem para o encarar de frente, a vergonha curvava-lhes a nuca, *entornava-lhes o olhar*.

— Mas o que é que vos passou pela cabeça? — foi a primeira reprimenda da noite.

— Até parece que estava a adivinhar. Algo me dizia que não podia confiar nos camaradas pioneiros — acrescentou.

Tanto que adivinhou, tanto que sabia, que abandonou uma cerveja a meio, um baile deveras prometedor, uma mulata arrebatadora, uma noite avassaladora. Abandonou tudo, o céu e a terra, para efetuar aquela visita surpresa à missão de vigilância do PAIGC à praia de São Pedro.

— Mas o que é que vos passou pela cabeça? — voltou a questionar com palavras enraivecidas.

Nenhum dos quatro respondeu, as palavras esconderam-se por baixo da língua com vergonha de dar a cara. Aquele silêncio não convenceu o velho guerrilheiro, que contra-atacou. O próximo tiro teve Zapata por alvo.

— Não te disse, por mais de uma vez, que isto não era uma brincadeira?

— Sim, camarada comandante... — respondeu, titubeante.

— E que não era para usar o revólver?

— Sim, camarada comandante.

— Mas, pelos vistos, os meus conselhos não serviram para grande coisa — prosseguiu, enquanto lhe retirava a arma das mãos suadas de medo.

— Sim, camarada comandante.

Até parecia que Zapata só sabia soletrar aquelas três

palavras — sim, camarada e comandante —, dizer aquela frase — sim, camarada comandante — era como se todas as outras palavras, as outras frases do seu dicionário pessoal, do seu almanaque partidário, tivessem desertado com medo de servirem de carne para canhão. O aspirante a dirigente tinha perdido toda a sua eloquência revolucionária.

O Comandante Zero deu-lhes, de seguida, uma verdadeira sessão de esclarecimento. Não foi uma lição de política, foi uma lição de vida. Não foi um sermão, mas quase — durou aproximadamente uma hora e quinze minutos, contados, minuto a minuto, segundo a segundo, pelo tiquetaque do enorme relógio Omega do Frederico com pulseira de cabedal. Os miúdos beberam religiosamente cada uma das suas palavras, as vírgulas e os pontos parágrafos também. Em silêncio. O velho guerrilheiro tinha queda para contar histórias, mas também, e isso não era menos importante, enquanto ele falava não sentiam o peso da noite. Do medo.

O Comandante Zero falou-lhes do início da luta armada na Guiné. Das inúmeras dificuldades, dos sacrifícios sem fim, das primeiras vitórias, da importância das derrotas. Depois contou-lhes histórias de homens, de homens e mulheres, retificou, umas dramáticas, outras *nem por isso*, gente de carne e osso, gente comum — como eu e os camaradas, exemplificou — a quem era exigido tudo e que em troca apenas recebia a garantia de que aquele sonho nunca morreria. Gente que lutou, matou e morreu, sofreu, e muito, mas venceu porque nunca deixou de acreditar que um dia iria conseguir libertar o solo pátrio da Guiné e Cabo Verde. Gente com muitas dúvidas, algumas certezas, com caráter. Gente com grande sentido de responsabilidade.

Era ali mesmo que o Comandante Zero queria atracar o seu longo mas emotivo discurso — sentido de responsabilidade era o seu porto de abrigo. A palavra mágica sem a qual nenhuma luta faz sentido. A luta pela vida, a luta por uma causa, a luta por um país. A luta por um sonho. A luta por um mundo melhor, onde cada homem possa finalmente avançar de cabeça levantada.

— As grandes vitórias só se conseguem com sentido de responsabilidade — foi assim que rematou o seu discurso.

Todos compreenderam a mensagem. O Comandante Zero utilizou uma linguagem simples mas sentida. Dura mas direta. Até Frederico, um cabo-verdiano de passagem, que sonhava com um outro país, outra pátria, outros sonhos, ficou comovido com o discurso. O Comandante Zero tinha acertado em cheio no alvo.

— Vou dar-vos uma segunda oportunidade — afirmou, no momento da despedida, não sem antes devolver o revólver a Zapata.

— Mas é para ser usado com sentido de responsabilidade — avisou, mais uma vez, enquanto apontava para a arma.

Zapata anuiu com um movimento brusco da cabeça. Os outros três não emitiram um único som, um único sinal, ainda estavam meio atarantados com as histórias que tinham acabado de ouvir.

Ao partir, o Comandante Zero não pôde deixar de pensar no enorme perigo, na irresponsabilidade que era colocar um revólver nas mãos de quatro crianças. Ele sabia que eram ordens superiores do Partido, que era a maneira escolhida para cativar, mobilizar a juventude para a causa da independência. Cumpria as diretivas superiores, mas não concordava. Temia que um dia pudesse acontecer alguma desgraça, para aqueles pioneiros uma pistola era uma brincadeira, a missão de vigilância, uma aventura. Por isso, ao fazer-se de novo à estrada na sua picape Toyota, amarelo rabugento, rumo à cidade do Mindelo, a consciência do velho guerrilheiro pesava toneladas de chumbo.

— Deus queira que não haja qualquer problema — o ateu inveterado voltou mais uma vez a implorar pela ajuda divina.

A partida do Comandante Zero deixou os quatro jovens vigilantes órfãos de afetos. Ficaram entregues à sua sorte. À mercê da noite. Nas garras afiadas do medo.

E recomeçou tudo de novo, a tenda a abanar, a abanar, os apalpões na lona verde-azeitona, o barulho dos passos, as folhas de papel a deslizarem pelo chão, o latido dos cães, ao longe, o rebentar das ondas enraivecidas na areia deserta, o vento a uivar pelo gargalo de uma garrafa, as lagartixas que mais pareciam crocodilos, a luz do farol a fazer de trovoada.

Mas o único momento de verdadeira tensão aconteceu quando Frederico regressava à tenda depois de aliviar a flora intestinal.

— Mãos ao ar, senão disparo — voltou Zapata a gritar ao avistar a aproximação de um vulto.

— Estás doido ou quê! Não vês que é o Frederico — foi Bob quem o alertou, ainda a tempo de evitar uma tragédia.

Os quatro não mais saíram da tenda durante o resto da noite. Ficaram encostados uns aos outros, abraçados uns aos outros, assim sempre tinham a sensação de estar mais seguros. Mais protegidos. A escuridão continuou a fazer das suas, a *pregar-lhes partidas*. Foi uma noite em branco, uma noite sem sono. Nunca no Mindelo os espíritos andaram tão à solta como naquela noite. Deveria estar a preparar-se uma revolução no céu.

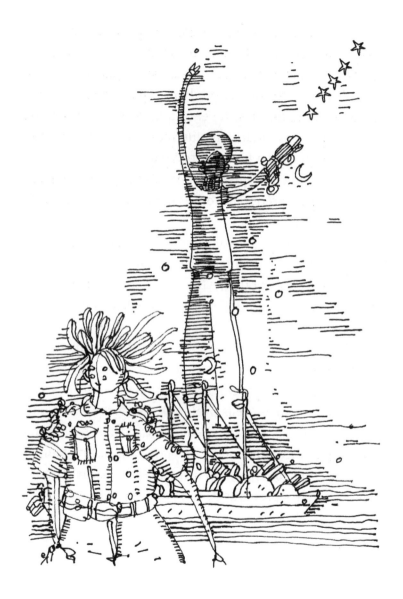

BALA PERDIDA

Mal os primeiros e tímidos raios de sol espreguiçaram a sua luz sobre o areal da praia de São Pedro, Zapata, Aristóteles, Bob e Frederico abandonaram espavoridos o quartel-general da missão, desataram a correr para fora da tenda, aos gritos, aos pulos. Aos abraços. Por momentos regressaram todos à idade da inocência, da convivência, felizes da vida por terem conseguido ultrapassar a barreira do medo. Por terem conseguido vencer o escuro da noite.

Era uma felicidade genuína, desbragada, sem palavras de ordem, nem princípios doutrinários para atrapalhar, era uma alegria pura, imensa, sem ressentimentos nem recalcamentos para minar, era um momento único, especial, a vida em todo o seu esplendor, em toda a sua plenitude. Era um daqueles instantes sagrados para viver, guardar, recordar pelo resto do tempo.

Zapata foi o primeiro a regressar ao seu estado natural. Nada mais normal, sempre lidou mal com os sentimentos, com os afetos, era alérgico a qualquer prenúncio de felicidade. Por isso, depois de recuperar a pose revolucionária, depois de engolir a tábua de passar a ferro partidária, tratou logo de desbastar a intimidade, num gesto brusco afastou a bossa de Aristóteles do seu raio de ação, retomou as suas distâncias em relação ao resto do pelotão, recuperou o olhar amargo, compenetrado, desertificado. Voltou a vestir a pior cara da revolução.

Só Frederico reparou na sua profunda e acelerada metamorfose. Na sua mutação. Não há dúvidas, pensou o metropolitano, e com razão, este *gajo* não tem emenda, leva-se mesmo a sério. Até parece que tem o rei, o rei salvo seja, o secretário-geral do Partido na barriga. Mas apesar de ele irradiar energia negativa, o filho do capitão dos Portos não se deixou contaminar, domesticar, acanhar, acovardar. Continuou a extravasar a sua euforia. A dar asas à sua imensa alegria.

Mas a histeria já era, Zapata agora era o meio palmo de gente mal-encarada, mal-amanhada, que todos tão bem conheciam. Que todos detestavam. A sua cara de comício denunciava o momento solene que se avizinhava, que ele mentalmente preparava, já sussurrava, as palavras de ordem suspiravam de impaciência na *grelha de partida* para mais um discurso, tinham passado a noite de molho, escondidas na saliva do medo. Agora sonhavam com um momento de glória.

Mas antes de lhes conceder guia de marcha, o aprendiz de chefe procurou arrumar as ideias, cada uma na sua devida prateleira. Pensou duas vezes, duas vezes pesou cada uma das palavras, tinha acabado de viver uma noite agitada, de emoções novas, fortes, era preciso deixar os adjetivos arrefecerem a sua impetuosidade, os substantivos recuperarem a sua serenidade. Era preciso calibrar cada emoção. Nos momentos mais importantes nunca, mas nunca mesmo, se deve falar com o coração — foi isso mesmo que aprendeu numa sessão de esclarecimento. É preciso, sim, apelar à razão.

A solução era pois discursar com conta, peso e medida. Com elevação. Era carregar na entoação, para assim poder disfarçar a comoção. Era falar com sentido de responsabilidade, para recuperar mais uma palavra que tinha acabado de aprender da boca do Comandante Zero, e que entrou diretamente para o quadro de honra das suas expressões preferidas. Mais eruditas.

— Camaradas — gritou alto para que todos o pudessem ouvir —, tenho algo de muito importante para vos comunicar.

— Camaradas e compatriotas — sublinhou de seguida —, devo confessar que o vosso desempenho durante esta operação, o vosso elevado espírito de missão, ultrapassou todas as minhas expectativas... Todas as nossas expectativas. — Os verdadeiros dirigentes do Partido gostavam de falar na primeira pessoa do plural.

Zapata apreciou, e de que maneira, o início do seu

discurso. Gostou particularmente do fato de ter passado do "camaradas" diretamente para o "camaradas e compatriotas", nem ele sabe bem por quê, mas quando assim acontecia a língua soltava-se, as palavras difíceis avançavam pela via verde, nem precisavam de rodagem, já vinham com embalagem, nunca mais se calavam. Ficavam com a corda toda, com as pilhas devidamente carregadas.

Na qualidade de comandante supremo daquela operação, o ardente defensor das virtudes do tubarão deixou de se sentir um simples, anônimo, combatente. Agora era um importante, reconhecido, dirigente. Mais um herói da Nação. Mais um dos poucos que certamente iriam merecer o rótulo de "melhor filho da nossa terra".

Zapata não tinha dúvidas de que a provação da noite anterior constituía mais um degrau na sua escalada triunfal na rota do poder. Por isso, já não se podia limitar a recitar o prontuário do perfeito militante, tinha de decorar o dicionário do respeitado dirigente. O seu campeonato agora era outro, mais exigente. E um bom dirigente — ele começava já a interiorizar o seu novo estatuto — sabe que o segredo está em escolher o palavreado mais complicado, esmerado, sem nunca, no entanto, desviar uma linha das indicações partidárias. As massas até podiam não compreender a mensagem mas agradeceriam. Certamente.

— Tendo em conta a exímia prestação dos ilustres camaradas — prosseguiu, momentos mais tarde, com a devida solenidade que a ocasião exigia —, devo confessar que me sinto deveras inclinado a solicitar ao nosso glorioso Partido, à força, luz e guia do nosso povo da Guiné e Cabo Verde que emita um louvor em vosso nome.

Os restantes camaradas vigilantes começaram a bater palmas. Muitas palmas. Ruidosas e ardentes palmas. Eram seis mãos que mais pareciam uma multidão.

— Viva o camarada Zapata — gritou Bob em tom de festa. — Viva — repetiram Aristóteles e Frederico.

O comício estava a correr muito melhor do que alguma vez Zapata poderia imaginar. Qualquer comício que se preze tem sempre de ter muitos "vivas", muitas palmas, para pontuar as passagens mais significativas, mas também para dar tempo ao orador de oxigenar o fôlego, acariciar o seu ego. Em apenas meia dúzia de frases, o chefe da missão já tinha conseguido armazenar uma dose cavalar de alento.

É evidente que não eram as palavras de Zapata que alimentavam a euforia da assistência. Também não era a promessa de futuros louvores, aquilo era certamente conversa da boca para fora, mas sim porque era mais um pretexto para continuarem a fazer festa.

— Quanto ao camarada Aristóteles...

Zapata fez mais uma pausa estudada. Deixou o silêncio respirar, aguentar, adubar a curiosidade dos restantes camaradas militantes. Aquele era um assunto sensível, por isso queria a todo o custo alimentar o suspense. É assim que fazem os verdadeiros oradores, pensou.

— Quanto ao camarada Aristóteles... — repetiu a mesma frase antes de se calar de novo.

A plateia continuava em silêncio. Se dúvidas ainda houvesse, Zapata teria ficado a saber que a sua estratégia oratória estava a caminhar no bom sentido — o antigo aspirante a guerrilheiro e futuro candidato a grande dirigente tinha a assistência nas mãos.

— Quanto ao triste episódio que infelizmente envolveu o nosso camarada Aristóteles — prosseguiu, desta vez, com palavras banhadas de autoridade. — Sou obrigado a reconhecer que a sua atitude foi grave. Demasiado grave. Não se pode dizer que tenha tido um comportamento digno de um camarada de luta. De um verdadeiro combatente.

Bob "arregaçou" os ouvidos. Não queria perder uma única vírgula daquele discurso, pitada daquela sentença, queria ter a certeza de que Zapata não iria humilhar o seu antigo lacaio, mesmo que apenas nas entrelinhas.

— Mesmo assim — prosseguiu Zapata, com o ar magnânimo, condescendente, com o espírito natalício que normalmente caracteriza os vencedores —, mesmo assim, camaradas...

— Ouve cá, Salazar, não podes ir direito ao assunto? Estes teus floreados já me estão a deixar com dores de cabeça — lavrou Bob veementemente o seu protesto.

A simples evocação do seu nome de batismo, da sua ligação umbilical ao fascismo, acelerou-lhe as ideias, atrapalhou-lhe os neurônios. Para não perder o fio à meada, evitou os entretantos, desviou-se dos finalmentes, tentou pôr de imediato os devidos pontos nos is.

— Como anteriormente dizia aos camaradas aqui

presentes... — Por mais que tentasse, parecia que Zapata não conseguia desenvencilhar-se daquele cassete. Da toada coloquial.

Por isso Bob continuava a olhar para ele com olhos de reprovação.

— Estou na disposição de passar uma esponja sobre o assunto em epígrafe. — Foi assim que, de uma assentada, de um único sopro, pôs um ponto final naquela confrangedora situação.

Voltaram a ouvir-se palmas e vivas do trio da plateia. Não porque Zapata tivesse algum poder especial, alguma varinha de condão capaz de redimir todos os pecados, mas sim porque um perdão, mesmo dito com salamaleques, com enfeites sem efeito garantido, cai sempre bem.

— Muito agradecido, camarada Zapata — Aristóteles ficou genuinamente comovido —, obrigado, camarada chefe Zapata, do fundo do coração — e bateu o punho violentamente contra o peito.

— O camarada não tem nada que agradecer — investiu Zapata na falsa modéstia. — Lembre-se de que um dos princípios do nosso Partido é que acreditamos na recuperação do homem pelo homem.

— Muito agradecido, camarada chefe Zapata. Juro que não o volto a desiludir. — Aristóteles já não estava apenas comovido. Estava lavado em lágrimas.

— Resolvemos pois dar-lhe uma segunda oportunidade...

— Muito agradecido, camarada chefe Zapata. Juro que não o volto a desiludir nunca mais.

— Deixe-se disso, camarada Aristóteles. Não tem que agradecer.

A falsa modéstia fica sempre bem. Sobretudo a um chefe.

A absolvição de Aristóteles deixou todos mais satisfeitos. Mais animados. A começar pelo principal interessado — recuperou o ar subserviente, o sorriso submisso —, começou de novo a seguir as pegadas do chefe, voltou a ser a sombra da sua sombra, sempre rastejante, obediente, contente, podes trazer-me a lâmina que está no fundo da minha mochila, ordenou Zapata com falinhas mansas, às suas ordens, camarada chefe, sempre às suas ordens, o lacaio obedeceu, prontamente, cegamente, já agora traz-me também o espelho e o creme de barbear, acrescentou sem levantar o tom melodioso da voz, é já a seguir, respondeu, solícito, é já a seguir, repetiu o filho do colonialista voador. E Aristóteles ficou, embevecido, agradecido, a olhar Zapata a fingir que fazia a barba, era um espetáculo patético porque, como devem imaginar, ele não tinha nenhum pelo para amostra. Mas a intenção é que conta, aquele era um ritual necessário para acertar o passo com a revolução, ele sabia que qualquer guerrilheiro digno deste nome tem de ter uma barba grande, enorme, Fidel Castro e Che Guevara não o deixavam mentir. Ele não seria, mas, sobretudo, não queria ser a tal exceção que confirma a regra, tanto mais que se sentia na rampa de lançamento para voos mais gloriosos.

Sentado num canto, Bob vomitava desprezo. Aquele espetáculo degradante deixava-o com o estômago às voltas. Isto de ser lacaio, um verdadeiro e genuíno lacaio, pensou para com o seu violão, é mais, muito mais, do que um projeto de vida, é uma segunda pele, um atestado de felicidade para qualquer infeliz. Um estado de espírito.

— Ouve cá, Aristóteles, podes ter a certeza absoluta de que da próxima vez não mexo uma única palha para te defender — cuspiu a sua revolta.

Ao terminar a sua higiene matinal, Zapata sentia-se um guerrilheiro de corpo e barba. Os pêlos da cara devem ter crescido por dentro porque se sentia barbudo por fora. Sentia-se com os quilômetros de *paleio* de Fidel Castro, a bravura *bem-parecida* de Che Guevara. Aquele era o seu momento. O princípio da sua consagração.

— Camaradas e compatriotas — retomou o discurso de vitória —, hoje é, sem dúvida, um marco histórico na luta do nosso heroico povo para a sua autodeterminação e independência. Um dia para ser gravado com letras de ouro na história ainda recente da nossa terra.

— Demos mais uma importante lição ao imperialismo americano — prosseguiu a partir do palanque improvisado junto à tenda verde-azeitona — e a todos os seus perigosos lacaios — acrescentou.

O imperialismo tem sempre lacaios, pensou para consigo, são os seus tentáculos, os kamikazes dispostos a derrubar os primeiros obstáculos, acrescentou mais um argumento ao seu revolucionário raciocínio, senão nunca teria o braço tão longo. Tão poderoso.

— Vamos festejar mais esta importante vitória do nosso glorioso Partido. Mas não nos devemos nunca esquecer de que as grandes vitórias só se conseguem com sentido de responsabilidade — concluiu, em tom cerimonioso, plagiando mais uma frase saída diretamente da boca do Comandante Zero.

Tanta cerimônia fê-lo perder o pé, ainda tentou meter a ré, tarde de mais, desequilibrou o discurso, o raciocínio, caiu da rocha que lhe servia de palanque. Mesmo assim não perdeu a compostura, a pose, o sentido do dever.

— Viva o PAIGC, força, luz e guia do nosso povo na Guiné e Cabo Verde. Viva os dirigentes do nosso glorioso Partido — berrou com todo o patriotismo que lhe restava na voz.

Mas a frase soou como uma espécie de autoelogio porque ele já se considerava, de pleno direito, na pele de um dirigente.

Zapata sentiu então um formigueiro nas mãos, uma ânsia brutal a caminhar pela ponta dos dedos, estava doido para tirar a falange de misérias, para finalmente fazer o gosto à revolução. O desejo foi mais forte do que ele, mais poderoso do que as recomendações do Comandante Zero — premiu o gatilho, num ápice descarregou o tambor do revólver. As cinco balas que se encontravam sob embargo devido ao pedido de racionamento decretado pelo Comandante Zero.

— Se os americanos pensam que nos podem atacar pelo ar, estão bem enganados — tentou justificar o desperdício.

O barulho dos disparos acordou o restante pessoal da sonolência em que o discurso da vitória os tinha mergulhado. Um tiro era sinônimo de revolução, revolução sempre rimou com animação. Ninguém queria perder aquela confusão. Aristóteles gritou mais meia dúzia de palavras de ordem, em tom firme de militante rejuvenescido, esclarecido, agradecido, Bob voltou aos saltos de alegria, aos gritos de euforia, um, dois, um sem-número até perder a conta, até perder o fôlego, Frederico embrulhou Zapata num demorado e fraterno abraço. Sentido, apetecido mesmo.

Zapata recuou. Retomou as suas distâncias. Restabeleceu o seu perímetro de segurança. Aquela agitação passava-lhe ao largo, nunca se deixava contagiar pela

animação, um verdadeiro chefe deve sempre evitar misturar-se com a população, pensou, a bem do interesse supremo da revolução, justificou. E recuou ainda mais uns bons passos.

Depois pensou, lembrou-se daquela frase que o metropolitano infiltrado, o primogênito do colonialista portuário, o colaboracionista disfarçado, lhe tinha dito na véspera, quando dissertava sobre as inúmeras riquezas da Nação, sobre as potencialidades do tubarão — "Não me digas que tu ainda acreditas nessas parvoíces", foi assim, sem tirar nem pôr, isso lembrava-se como se tivesse sido dita agora, na hora. Na altura não lhe deu o merecido troco, nem podia porque Aristóteles foi o primeiro a acusar o toque, a assumir a dianteira do confronto.

E continuou a pensar, aquele colonialista de meia-tigela deve pensar que eles ainda são donos e senhores desta terra, está muito enganado, redondamente equivocado, já tem idade mais do que suficiente para saber que ninguém se atravessa no caminho da história, ninguém consegue parar o comboio da revolução — a frase não foi fruto da sua imaginação, tinha-a decorado de um livro emprestado na Biblioteca do Partido. E sentiu uma incontida vontade de o escarrar na cara.

Depois de pensar, de não escarrar, chegou o momento de ameaçar. Primeiro baixou o seu olhar a meia haste, de seguida passou a mão esquerda pelo queixo arrebitado, a direita continuava a segurar o revólver. Com sofreguidão.

Numa questão de segundos os seus olhos ficaram iluminados de ódio. Zapata começou a transpirar vingança, mas eram suores frios — todos sabiam que o aspirante a dirigente fazia questão de guardar o rancor no frigorífico para assim não se estragar. Que era capaz de esperar anos e anos para se vingar de um inimigo. Foi, aliás, por causa disso que se inventou a célebre expressão: "A vingança é um prato que se serve frio".

— Sabes o que costumamos fazer aos colonialistas da tua espécie? Aos oportunistas? Aos lacaios do imperialismo? — inquiriu Zapata, com palavras raivosas, enquanto lhe apontava o cano do revólver contra o alvo da testa.

Frederico nem se importou. Sabia que a arma estava carente de balas — as cinco balas recebidas diretamente da mão do Comandante Zero no início da missão, no coreto da Praça Estrela — desde que o aprendiz de guerrilheiro tinha decidido dar um aviso sonoro aos imperialistas voadores.

— Viva o camarada Zapata! — gritou em tom de desafio. — Viva o camarada Zapata! — repetiu com palavras embrulhadas de ironia.

Zapata não gostou do que ouviu. Para o intimidar

ainda mais, olhou-o bem no fundo dos olhos. Estava mesmo decidido a devolver-lhe, com juros, aquela provocação.

— O camarada, camarada salvo seja, não deve estar a compreender o alcance da mensagem do camarada chefe Zapata. — Aristóteles, o ressuscitado lacaio de estimação, intrometeu-se na conversa.

— Está mas é calado, que tu não és para aqui chamado. — A resposta de Frederico saiu pronta. Contundente.

— Devias ter muito cuidadinho com essa língua porque tu não estás na tua terra — desta vez Aristóteles não sucumbiu à primeira ofensiva de Frederico.

— Está calado, ó *parvo*. A conversa ainda não chegou ao chiqueiro — ripostou o metropolitano.

Bob não acompanhou o diálogo. Estava com os olhos grudados no infinito.

Enquanto Frederico e Aristóteles trocavam *galhardetes*, Zapata continuava a ruminar a sua vingança. Acariciou o gatilho, suave, suavemente, o tambor rolou, dançou, não o suficiente para engatilhar um disparo. O aprendiz de chefe suspendeu o seu movimento.

— Viva o camarada Zapata! — Frederico continuava a desfiar a sua alegria. A sua provocação.

O chefe da missão de vigilância afastou o revólver da testa do metropolitano. Devagar, devagarinho. E voltou a devorar as pupilas dos seus olhos, verdes, quase fluorescentes. Queria certamente achincalhá-lo, minorá-lo, colocá-lo em posição de sentido.

Mas Frederico mantinha o mesmo sorriso desafiador. O gajo é mesmo parvo, pensou mais uma vez, deve estar convencido de que eu estou borrado de medo, concluiu o amigo de Bob, confiante de que as cinco balas recebidas do Comandante Zero tinham sido desperdiçadas ingloriamente.

Zapata manteve o semblante sério, o ar ameaçador. A pose de matador. Voltou a levantar o punho em direção ao céu — ele tinha visto aquela cena num filme, só não se lembrava em qual —, segurava o revólver com tanta força que se via claramente a geografia das suas veias. Quando menos se esperava, premiu de novo o gatilho — uma bala escondida na câmara partiu desvairada pelo ar.

Zapata apanhou o maior susto da sua vida. E desmaiou. Aristóteles também ficou mais pálido do que cal. E rezou. Só se benzia, recitou o pai-nosso que estais no céu pelo menos uma dúzia de vezes, agradeceu à Virgem Maria vezes sem conta, mas esqueceu-se por completo de corresponsabilizar Marx, Engels e o Materialismo Dialético pelo milagre. Ou seja, de acordo com os princípios programáticos do Partido, cometeu um pecado capital. Frederico ficou petrificado, era uma pedra de gelo, *desbussolada*. E quando o sentimento de pânico derreteu, começou a falar crioulo, nem precisou de manual de instruções, o dialeto local saía com pronúncia e tudo.

A iminência da tragédia passou completamente ao largo de Bob — o seu olhar navegava para lá do areal da imensa praia de São Pedro. Quando viu um navio de guerra, pensou que era uma miragem. Uma ilusão de ótica alimentada pelo excesso de aguardente consumida abundantemente na véspera. Depois, avistou a bandeira americana na proa, altiva, quase arrogante, apesar da distância, quase jurava ter contado as estrelas, cinquenta ao todo, contando com o Alasca e o Havaí, as contas batiam certo, não precisava de uma nova *filtragem*. Mas mesmo assim não acreditou. Fechou os olhos. Respirou. Respirou fundo. Um verdadeiro dilema continuava a martelar os seus pensamentos — o que os seus olhos viam era mesmo verdade ou apenas fruto da ressaca? Quando voltou a destapar as pálpebras, todas as suas dúvidas se dissiparam — era mesmo um porta-aviões norte-americano, dos grandes, daqueles que aparecem nos filmes no Éden-Park. Com aviões a sério, canhões, helicópteros e tudo o resto.

— Olhem só para aquilo! — anunciou a descoberta a plenos pulmões.

Ninguém respondeu. Desde que a sexta bala tinha sido disparada, desde que a bala adormecida na câmara ressuscitara, desde que Frederico escapara como que por

milagre à execução sumária, que estavam em estado de choque. De todos, Zapata era sem dúvida o que estava em pior estado, recuperara o espírito, é verdade, mas não o juízo. Não dizia coisa com coisa, tinha esquecido todo o palavreado revolucionário.

O porta-aviões navegou calmamente em direção aos mares do Sul, foi engolido pela contraluz. Bob fez de tudo para chamar a atenção dos restantes colegas de vigilância. Correu, gritou, esperneou, gesticulou. Desesperou. Tudo em vão. Ficou guardião de um segredo que era muito maior do que ele. De um segredo que nunca poderia contar, partilhar, porque nunca ninguém iria acreditar.

— Vamos para casa — ordenou quando perdeu a esperança de os convencer.

Os outros três obedeceram em silêncio. A missão de vigilância tinha finalmente terminado. Depois das emoções fortes vividas na praia de São Pedro foi um alívio regressar à cidade do Mindelo.

BALA FINAL

Comandante Zero

O Comandante Zero recusou todos os cargos importantes para que foi convidado depois da independência de Cabo Verde, a 5 de julho de 1975. Dispensou sempre qualquer mordomia. Passou à reserva quando o PAIGC perdeu as primeiras eleições livres da história do país, em janeiro de 1991. Apesar de ser considerado um "combatente da liberdade da Pátria", vive com uma reforma de miséria. Mas vive feliz. Passa os dias na conversa, à porta do Café Lisboa, *pertença* do seu amigo Alberto, um guineense, velha glória do futebol português, que se deixou enfeitiçar por uma mulata crioula. Agora, a grande batalha da sua vida é viver o maior número de anos possíveis para poder acompanhar o crescimento de Liliana, a sua filha de doze anos.

Zapata

Zapata teve uma ascensão fulgurante no seio do PAIGC. Foi secretário-geral da organização dos jovens do Partido, a JAAC (Juventude Africana Amílcar Cabral), responsável máximo pelo setor de São Vicente, chefe da Segurança de Estado, deputado na Assembleia Nacional Popular nos tempos do Partido Único, embaixador na Gâmbia. Continuou arrogante, insolente, irascível. Ainda guarda no congelador o ódio aos seus inimigos. Depois da derrota nas eleições multipartidárias, abandonou o Partido e transformou-se num

empresário de sucesso na área do turismo. Hoje, é *cabeça de cartaz* de um dos principais partidos da oposição. Esqueceu o seu nome de guerra, Zapata, enterrou a palavra camarada e passou a responder pelo seu nome de batismo: Salazar António dos Santos.

Bob

Bob abandonou Cabo Verde mal terminou o liceu. Foi para Paris, onde, durante alguns anos, esbanjou a reforma que o pai recebia de Portugal, na qualidade de alto quadro das Alfândegas no período colonial. Chegou a tentar uma carreira na música, mas desistiu no dia em que o seu ídolo, Bob Marley, morreu vítima de *cancro*. Continuou o mesmo mulherengo de sempre, o famoso Quartier Latin passou a ser a sua zona de caça protegida. Acabou por atinar nos estudos — foi, sem dúvida, a maior alegria na vida do seu saudoso pai — e fez o curso de Jornalismo na Sorbonne. Trabalhou durante muitos anos no *Libération*, um conhecido diário francês. Foi um dos muitos repórteres de guerra mortos, em 2006, no Iraque, mais precisamente na cidade portuária de Basra. No dia do seu funeral, no cemitério de Montpar-

nasse, os homens contavam-se pelos dedos de uma mão. Na sua lápide, os amigos, as amigas sobretudo, mandaram escrever, em francês, a sua frase favorita: "*Le temps m'appartien. Demain c'est un autre jour*" ("Sou dono do tempo. Amanhã é um outro dia").

Aristóteles

Aristóteles abandonou o PAIGC no exato momento — poucos dias antes da proclamação da independência nacional — em que o pai foi preso e enviado para o campo de concentração do Tarrafal. Mais tarde, meio a brincar, costumava dizer que foi assim que descobriu a sua costela feminina porque naquele dia chorou que nem uma madalena. Compreendeu, então, que a bajulação não leva a lado nenhum e apostou tudo na religião — tornou-se num dos mais fervorosos adeptos de uma seita brasileira que estava a cativar as almas de grande parte dos mindelenses. Foi expulso quando descobriram a sua homossexualidade. Emigrou para a Bélgica. Agora é um famoso travesti no bar Stars of Paradise, na cidade de Antuérpia. O seu número de "Lili Marlene" é um sucesso estrondoso.

FREDERICO

Frederico acompanhou os pais no regresso a Lisboa nas vésperas da independência. Nos primeiros tempos teve dificuldades em se adaptar à nova vida, à nova realidade, sentia-se mais cabo-verdiano do que metropolitano. Nunca mais esqueceu Cabo Verde, aliás, continua a gostar de aguardente e a cachupa é um dos seus pratos preferidos. Nunca mais regressou à praia de São Pedro, nunca mais viu o pôr-do-sol a acariciar as escarpas do Monte Cara, chorou quando soube que o cinema Éden-Park tinha passado à história. Foi para Londres e tirou um curso de Gestão no King's College. Atualmente vive no bairro chique de Notting Hill Gate e é um dos mais respeitados e admirados corretores da *City*. Nunca perdeu o contato com o seu amigo do peito, Bob. No dia do funeral foi um dos poucos homens que acompanharam o cortejo fúnebre. Continua a pensar nele todos os dias. Continua aluado. Ele sabe que nunca mais terá um amigo assim. À prova de bala, como gosta de dizer.

Paula Cristina

Paula Cristina, a bela Paula Cristina, continua bela. Apesar da idade. Apesar da maternidade. Teve cinco filhos de um *cooperante* da organização não governamental britânica Save the Children, que conheceu em Cabo Verde logo após a independência. Já deu muitas voltas pelo mundo, já evitou que muitas crianças batessem no fundo. Vive no Quênia, mas com o pensamento sempre atracado no Mindelo. Nunca esqueceu Bob, o seu primeiro amor, a sua única paixão. A sua perdição. E conserva, bem guardado no baú das suas recordações, *A Revolução Sexual*, de Wilhelm Reich. De quando em vez, abre o livro mágico de capa vermelha e relê o tal parágrafo da página 58. Agora ela sabe que há livros, há parágrafos, há palavras que mudam a nossa vida. E fecha os olhos e está nas nuvens. Com Bob a navegar ao seu lado. E sorri. Porque ele a ensinou que o amor, o verdadeiro amor, é um lindo e eterno sorriso.

GLOSSÁRIO

A meia haste: a meio pau, a meia altura.

A preceito: como deve ser.

Afeta ["...as camaradas estavam *afetas* a outras missões"]: nesse caso, "dedicada", "comprometida".

Ainda vá que não vá: a expressão equivale, mais ou menos, ao nosso "vá lá".

Apelido: sobrenome.

Armadilhado: munido, municiado.

Armado ao pingarelho: que faz pose, metido a besta.

Arrepiar caminho: dar meia-volta, recuar.

Aselhice: grossura, falta de jeito; coisa própria de um aselha, isto é, um desastrado.

Aviar: agilizar; no caso, seguir em frente sem parar.

Bajulador encartado: puxa-saco de carteirinha.

Banda sonora: trilha sonora.

Bem-parecido: bonito, atraente.

Berma: acostamento.

Boca ["...umas *bocas* que deixou escapar numa conversa"]: no caso significa "provocação", "farpa".

Bom para as curvas, estar: expressão equivalente a "dar para o gasto".

Bossa: nesse contexto, "protuberância", "corcunda".

Cabeça de cartaz: artista principal de um espetáculo ou uma companhia.

Cabeça de lista: o mesmo que "cabeça de chapa", isto é, o principal candidato de uma lista eleitoral.

Cabedal: nos casos que aparecem neste livro (pulseira e sobretudo de cabedal), quer dizer "couro".

Cachupa (ou catchupa): prato tradicional de Cabo Verde, à base de milho cozido e feijão com carne de porco, frango ou peixe.

Cachupa sem picante: o prato descrito acima, sem pimenta; ou seja, uma coisa chocha, sem graça.

Calçada: calçamento de estrada.

Calças de ganga deslavadas, coçadas [ou roçadas]: calças *jeans* desbotadas, gastas.

Camisola: camiseta.

Cancro: câncer.

Caneta de feltro: caneta hidrográfica.

Carapinha: cabelo muito crespo, pixaim.

Cariz: caráter, aspecto, jeito.

Catraio: garoto, moleque.

Cheio de sangue nas guelras: exaltado.

Chorrilho: sequência de coisas semelhantes, saraivada.

Comparência: comparecimento, presença.

Conotado: mancomunado.

Cooperante: voluntário, colaborador.

Correr de feição: acontecer como o esperado, a contento.

Costela: no contexto, característica profunda, "alma".

Crioulo: natural das ex-colônias portuguesas. Aplica-se não só a pessoas, mas também a falares e dialetos.

Dar baile: enrolar, ludibriar.

Deitar achas na fogueira: botar lenha na fogueira.

Deitar fumo: soltar fumaça, transparecer raiva.

Desbussolado: desnorteado.

Desconseguir: fracassar; expressão típica angolana.

E depois?: no caso, a expressão equivale ao nosso "E daí?".

Está mas é calado!: cale a boca!

Embarcadiço: marinheiro.

Entornar o olhar: entrecerrar os olhos.

Entrar em liça: entrar em ação, entrar na briga.

Filtragem: no contexto em questão, "checagem".

Forquilha: atiradeira, estilingue, bodoque.

Gajo: indivíduo indeterminado; o mesmo que "cara", "fulano".

Galhardete: uma espécie de flâmula; em sentido figurado, como no caso, indica palavra agressiva, recriminação, acusação.

Gingão: que ginga, que caminha com passo de malandro.

Goiabeira: tipo de camisa própria para o calor, originária do Caribe, bem folgada e com fraldas retas, para usar fora da calça. Há uma versão militar, como a do uniforme extraoficial dos funcionários políticos cubanos.

Grelha de partida: *grid* de largada.

Guia de marcha: ordem de partida.

Historial familiar: histórico familiar.

Inspeção militar: serviço militar.

Lesto: rápido.

Mantenha: saudações, lembranças.

Marinar: curtir.

Miúdo/a: garoto/a, menino/a.

Muita areia para a sua lampreia: "muita areia para seu caminhãozinho", algo ou alguém que parece bom demais para o merecimento ou capacidade da pessoa.

Não dar azo: não dar chance, não dar brecha.

Não passar cartão: não ligar, não dar bola.

Nem por isso: nesse contexto, o mesmo que "nem tanto".

Pala: a viseira do quepe; "bater pala" é o mesmo que "bater continência".

Paleio: discurso longo e habilidoso, lábia.

Para mais: além do mais.

Paródia: conversa, bate-papo.

Parvo: bobo, pateta.

Parvoíce: dito ou ato próprio de parvo; besteira, bobagem, idiotice.

Pegar de estaca: pegar com facilidade, como uma planta que se arraiga no solo e se desenvolve rapidamente.

Pertença: propriedade.

Picante: pimenta (ver acima, "cachupa sem picante").

Pioneiro: escoteiro ou aprendiz.

Ponto de Matemática: prova, exame de Matemática.

Ponto de rebuçado: o mesmo que "ponto de bala"; ou seja, na situação ou da maneira mais propícia.

Postal ilustrado: cartão postal.

Pregar partida: o mesmo que "pregar uma peça".

Rasca: ordinário, feio.

Raspanete: repreensão, bronca.

Reforma: no caso, o mesmo que "aposentadoria".

Retemperador: restaurador, revigorante.

Ripostar: replicar, responder.

Salvo seja: expressão que, nos casos que ocorrem neste livro, equivale a "coisa nenhuma".

Sentido [de humor, de responsabilidade, de missão, de autoridade]: senso.

Sobrolho: as sobrancelhas, ou a parte inferior da testa.

Subir a fasquia: elevar o nível, a meta ou o limite.

Suster: segurar, deter.

Tasca: bar, botequim.

Tempo de outra senhora: tempo da ditadura salazarista.

Tirado a papel químico: copiado em carbono, idêntico.

Tirar o pão do sonho: cortar as asas, desiludir.

Traça: estilo, aspecto, jeito.

Trautear: no caso, "cantarolar".

Travão: trava, freio, empecilho.

Tremido: incerto, duvidoso, precário.

Trocista: que faz troças; brincalhão, caçoador.

Volta não volta: volta e meia, vira-e-mexe.

MAPA-MÚNDI DA LÍNGUA PORTUGUESA

* Os arquipélagos de Açores e da Madeira são regiões autônomas de Portugal; Macau foi território português até 1999 e hoje pertence à China.

O NOVO ACORDO ORTOGRÁFICO
DA LÍNGUA PORTUGUESA

ANTECEDENTES

Não é de hoje que Brasil e Portugal[1] vêm tentando unificar e simplificar suas ortografias. As duas nações protagonizaram um longo percurso de encontros e desencontros que tem seu marco inicial em 1911. Nesse ano, Portugal promoveu uma profunda reforma que punha fim à chamada ortografia pseudoetimológica, aquela que mandava escrever "theatro", "estylo", "ortographia". Mas, apesar de a simplificação ser considerada necessária também no Brasil, tanto que aqui já havia estudos nesse sentido, a reforma lusitana se realizou unilateralmente, sem articulação entre os dois países. Assim se estabeleceu o primeiro "grande desacordo ortográfico" luso-brasileiro: Portugal introduziu uma normativa modernizada enquanto no Brasil perdurava a antiga. Depois disso, houve diversas iniciativas de parte a parte buscando restabelecer uma norma comum. Não cabe aqui esmiuçar as mar-

---

[1] As demais nações que hoje integram a Comunidade de Países de Língua Portuguesa (CPLP) conquistaram a independência na década de 1970, por isso seguiram a metrópole nas reformas ortográficas anteriores.

chas e contramarchas dessa história, mas o fato é que, depois muitas discussões e encontros, em 1943 e 1945, Brasil e Portugal acabaram implementando reformas paralelas, ambas baseadas em um Acordo Ortográfico que fora esboçado conjuntamente em 1931. As duas reformas tinham conteúdo bem parecido, mas não idêntico. No início da década de 1970, ambos os países promoveram cada qual uma nova reforma a fim de reduzir essas diferenças. Mas ainda restaram algumas discrepâncias, e são elas que o novo Acordo Ortográfico da Língua Portuguesa busca, na medida do possível, eliminar.

Fruto de discussões e estudos realizados desde 1975 pela Academia Brasileira de Letras e a Academia de Ciências de Lisboa, depois muita polêmica, impasses e revisões, o texto final do Acordo foi assinado em 1990 por representantes de Angola, Brasil, Cabo Verde, Guiné-Bissau, Moçambique, Portugal, São Tomé e Príncipe e, mais tarde, do Timor-Leste. Sua validação, no entanto, dependia da ratificação pelo Poder Legislativo de cada país signatário. O Brasil deu esse passo em 2004; Cabo Verde e São Tomé e Príncipe, em 2006; Portugal, em 2008. Mesmo na hipótese de que o Parlamento dos demais países-membros decida rejeitá-lo, o Acordo, por força de seus próprios mecanismos, já está legalmente validado naqueles países que já o ratificaram, onde as novas normas devem ser gradualmente aplicadas.

Mas ninguém precisa perder o sono por causa disso: haverá naturalmente um tempo de transição que se estenderá por vários anos, quando todos poderemos nos habituar às pequenas mudanças introduzidas.

O QUE MUDA NA ORTOGRAFIA BRASILEIRA

Reincorporação das letras K, W e Y
(Também afeta a norma lusitana)
Com isso, o alfabeto passa a ter oficialmente 26 letras. Essa regra, na verdade, altera muito pouco a grafia das palavras, pois as normas vigentes já admitiam seu uso "em casos especiais", como nomes estrangeiros, siglas e unidades de medida. Tem maior relevância em países de língua oficial portuguesa que necessitam regularizar a transliteração de termos de outros idiomas locais. No Brasil, propiciará a padronização da grafia de nomes indígenas, como camaiurá/kamayurá, ianináua/yamináwa, ianomâmi/yanomami, uaiuai/waiwai etc.

Eliminação do trema
O sinal é inteiramente suprimido de palavras portuguesas ou aportuguesadas.
Exemplos:[2] *agüentar* > aguentar, *ambigüidade* > ambiguidade, *argüir* > arguir, *bilíngüe* > bilíngue, *lingüiça* > linguiça, *freqüentar* > frequentar, *pingüim* > pinguim, *seqüência* > sequência, *tranqüilo* > tranquilo.
Exceção: caberá utilizá-lo em nomes próprios estrangeiros e palavras deles derivadas, como "mülleriano", de Müller.

---

[2] Para facilitar a leitura, em todos os exemplos a seguir, os substantivos e adjetivos são listados apenas em sua forma singular masculina. Contudo, as regras se aplicam igualmente às flexões feminina e plural.

152

Eliminação do acento circunflexo em formas verbais com terminação "êem"

(Também afeta a norma lusitana)

Exemplos: *crêem* > creem, *dêem* > deem, *lêem* > leem, *vêem* > veem.

O mesmo vale para verbos derivados, com a mesma terminação, como *descrêem*, *relêem*, *revêem* etc.

Eliminação do acento circunflexo em palavras terminadas em "ôo"

Exemplos: *abotôo* > abotoo, *afeiçôo* > afeiçoo, *aperfeiçôo* > aperfeiçoo, *côo* > coo, *corôo* > coroo, *dôo* > doo, *enjôo* > enjoo (verbo e substantivo), *leilôo* > leiloo, *magôo* > magoo, *perdôo* > perdoo, *povôo* > povoo, *sôo* > soo, *vôo* > voo (verbo e substantivo), *zôo* > zoo (verbo e substantivo).

Eliminação do acento diferencial de paroxítonas

(Também afeta a norma lusitana)

Vale para os acentos, tanto agudos como circunflexos, que marcam a diferença dessas palavras frente às chamadas proclíticas (preposições, artigos, conjunções e contrações).

Exemplos: *pára*, flexão do verbo parar, e para, preposição; *péla*, substantivo, e pela, contração de por e a; *pêlo*, substantivo, e pelo, contração de per e lo; *pólo*, substantivo, e polo, contração antiga de por e lo; *pêra* substantivo, e pera, preposição antiga. As palavras em itálico passam a ser grafadas "para", "pela", "pelo", "polo", "pera".

Eliminação do acento agudo sobre o ditongo tônico "ei" das palavras paroxítonas

Exemplos: *alcatéia* > alcateia, *assembléia* > assembleia, *boléia* > boleia, *centopéia* > centopeia, *Coréia* > Coreia, *diarréia* > diarreia, *estréia* > estreia, *epopéia* > epopeia, *européia* > europeia, *geléia* > geleia, *gonorréia* > gonorreia, *idéia* > ideia, *mocréia* > mocreia, *odisséia* > odisseia, *onomatopéia* > onomatopeia, *panacéia* > panaceia, *patuléia* > patuleia, *prosopopéia* > prosopopeia, *platéia* > plateia, *tetéia* > teteia, *traquéia* > traqueia, *tutaméia* > tutameia, *uréia* > ureia.

Eliminação do acento agudo sobre o ditongo tônico "oi" das palavras paroxítonas

(Também afeta a norma lusitana)

Exemplos: *alcalóide* > alcaloide, *andróide* > androide, *asteróide* > asteroide, *bóia* > boia, *espermatozóide* > espermatozoide, *hemorróida* > hemorroida, *heróico* > heroico, *intróito* > introito, *jóia* > joia, *jibóia* > jiboia, *lambisgóia* > lambisgoia, *paranóico* > paranoico, *pinóia* > pinoia, *tipóia* > tipoia, *tramóia* > tramoia, *trapezóide* > trapezoide, *Tróia* > Troia.

No Brasil exclusivamente, o acento também é suprimido em flexões verbais de verbos terminados em "oiar", tais como *apóio, apóias, apóia, apóiam; bóio, bóias, bóia, bóiam*.

Eliminação do acento agudo sobre "i" e "u" tônicos das paroxítonas, quando precedidos de ditongo

Exemplos: *baiúca* > baiuca, *bauína* > bauina, *boiúno* > boiuno, *cauíla* > cauila, *feiúra* > feiura, *reiúna* > reiuna, *seiúdo* > seiudo, *tapaiúna* > tapaiuna, *veiúdo* > veiudo.

Eliminação do hífen

(Também afeta a norma lusitana)

Das formações cujo prefixo ou antepositivo termina em vogal e o segundo elemento começa por "r" ou "s", devendo-se duplicar essas consoantes. Esse critério já se aplicava a palavras como "minissaia", "multirracial", "prerrequisito" etc.

Exemplos: *ante-sala* > antessala, *anti-rábico* > anrirrábico, *anti-racismo* > antirracismo, *anti-religioso* > antirreligioso, *anti-revolucionário* > antirrevolucionário, *anti-rugas* > antirrugas, *anti-semita* > antissemita, *anti-séptico* > antisséptico, *anti-social* > antissocial, *arqui-rival* > arquirrival, *auto-reflexão* > autorreflexão, *auto-regeneração* > autorregeneração, *auto-regulação* > autorregulação, *auto-respeito* > autorrespeito, *auto-retrato* > autorretrato, *auto-satisfação* > autossatisfação, *auto-serviço* > autosserviço, *auto-suficiência* > autossuficiência, *auto-sustentável* > autossustentável, *coseno* > cosseno, *contra-reforma* > contrarreforma, *contra-regra* > contrarregra, *contra-senha* > contrassenha, *contra-senso* > contrassenso, *contra-revolução* > contrarrevolução, *extra-regulamentar* > extrarregulamentar, *extra-sensorial* > extrassensorial, *hidro-repelente* > hidrorrepelente, *infra-som* > infrassom, *micro-sistema* > microssistema, *neo-realismo* > neorrealismo, *proto-romântico* > protorromântico, *pseudo-sufixo* > pseudossufixo, *semi-reta* > semirreta, *semi-rígido* > semirrígido, *supra-renal* > suprarrenal, *supra-sensível* > suprassensível, *supra-sumo* > suprassumo, *ultra-romântico* > ultrarromântico, *ultra-secreto* > ultrassecreto, *ultra-sensível* > ultrassensível, *ultra-som* > ultrassom.

Das formações cujo prefixo ou antepositivo termina em vogal e o segundo elemento começa por vogal diferente. Esse critério já se aplicava a palavras como "aeroespacial", "agroindustrial", "antiaéreo", "antiofídico", "coabitação", "entreato", "plurianual", "retroagir", "retroalimentação", "sobreaviso", "teleator", "teleobjetiva" etc.

Exemplos: *auto-adesivo* > autoadesivo, *auto-aprendizagem* > autoaprendizagem, *auto-estima* > autoestima, *co-edição* > coedição, *co-educação* > coeducação, *contra-ofensiva* > contraofensiva, *contra-exemplo* > contraexemplo, *extraescolar* > extraescolar, *extra-oficial* > extraoficial, *infra-estrutura* > infraestrutura, *intra-uterino* > intrauterino, *pseudoetimilógico* > pseudoetimilógico, *semi-árido* > semiárido, *semiautomático* > semiautomático, *supra-excitar* > supraexcitar, *ultra-existência* > ultraexistência.

Exceções: o hífen é mantido nas formações com os prefixos tônicos acentuados graficamente "pré-" e "pró-", quando o segundo elemento tem vida à parte, como em "pré-ajustar", "pré-industrial", "pré-olímpico", "pré-renascentista", "pré-romântico", "pró-americano", "pró-socialista" etc. Tampouco é suprimido das formações com o prefixo "vice-", ou seus congêneres "vizo-" e "soto-(a)". Nesses casos, portanto, a regra permanece inalterada.

Atenção: a supressão do hífen *não* vale para palavras compostas, como, por exemplo, abre-alas, arco-íris, arranca-rabo, baixo-alemão, baixo-relevo, luso-espanhol, guarda-sol, guarda-roupa, ítalo-americano, meia-sola, porto-alegrense, puxa-saco, saca-rolha, tio-avô etc.

Uso obrigatório do hífen

(Também afeta a norma lusitana)

Quando o prefixo ou antepositivo termina na mesma vogal com que se inicia o segundo elemento.

Exemplos: *anteestréia* > ante-estréia, *antiibérico* > anti-ibérico, *antiiluminista* > anti-iluminista, *antiinstintivo* > anti-instintivo, *antiintelectual* > anti-intelectual, *arquiinimigo* > arqui-inimigo, *arquiinteligente* > arqui-inteligente, *eletroóptica* > eletro-ótica, *entreestadual* > entre-estadual, *microondas* > micro-ondas, *microônibus* > micro-ônibus, *microorganismo* > micro-organismo, *retroocular* > retro-ocular, *sobreedificar* > sobre-edificar, *sobreexcedente* > sobre-excedente, *sobreexposição* > sobre-exposição, *teleeducação* > tele-educação.

Exceção: nas formações com o prefixo "co-", este em geral se aglutina com o segundo elemento, mesmo quando iniciado por "o", como em "coobrigação", "coocupante", "coordenar", "cooperação" etc.

O que muda exclusivamente na norma lusitana

Além das alterações apontadas acima, há algumas que só afetam a norma vigente em Portugal e demais países da lusofonia, exceto o Brasil.

A principal delas é a eliminação das consoantes "c" e "p" mudas ou impronunciáveis nas sequências interiores "cc", "cç", "ct" e "pc", "pç", "pt".

Exemplos: *acção* > ação, *adopção* > adoção, *afectivo* > afetivo, *aflicção* > aflição, *acto* > ato, *baptizar* > batizar, *colecção* > coleção, *director* > diretor, *Egipto* > Egito, *exacto* > exato, *objecto* > objeto, *óptimo* > ótimo, *projecto* > projeto.

Exceções: quando são invariavelmente proferidas nas "pronúncias cultas" da língua, como em "adepto", "apto", "compacto", "convicção", "díptico", "erupção", "eucalipto", "ficção", "friccionar", "inepto", "núpcias", "pacto", "rapto" etc.

Outra mudança sensível é a supressão do hífen na ligação da preposição "de" com o verbo haver: *hei-de* > hei de, *hás-de* > hás de, *há-de* > há de, *hão-de* > hão de.

Acolhe-se a dupla grafia

(A forma não preferencial no Brasil aparece abaixo sempre em itálico)

No emprego facultativo do acento agudo ou circunflexo, conforme o timbre predominante na "pronúncia culta" de cada país, em palavras como: *académico*/acadêmico, *Amazónia*/Amazônia, *anatómico*/anatômico, *António*/Antônio, *bebé*/bebê, *bidé*/bidê, *blasfémia*/blasfêmia, *bónus*/bônus, *canapé*/canapê, *caraté*/caratê, *cénico*/cênico, *cómodo*/cômodo, *croché*/crochê, *efémero*/efêmero, *fémur*/fêmur, *Fénix*/Fênix, *fenómeno*/fenômeno, *gémeo*/gêmeo, *género*/gênero, *génio*/gênio, *guiché*/guichê, *judo*/judô, *matiné*/matinê, *nené*/nenê, *ónus*/ônus, *pénis*/pênis, *pónei*/pônei, *puré*/purê, *rapé*/rapê, *sémen*/sêmen, *ténis*/tênis, *ténue*/tênue, *tónico*/tônico, *tónus*/tônus, *topónimo*/topônimo, *Vénus*/Vênus etc.

Na eliminação facultativa das consoantes:

"c" e "p" das sequências interiores "cc", "cç", "ct" e "pc", "pç", "pt" quando, numa "pronúncia culta", são proferidas ou oscilam entre a articulação e o emudecimento, como em: aspecto e *aspeto*, assunção e *assumpção*, caracteres e *carateres*, cetro e *ceptro*, concepção e *conceção*, dicção e *dição*, fato e *facto*, peremptório e *perentório*, suntuoso e *sumptuoso*, setor e *sector*, recepção e *receção*;

"b" das sequências "bd" e "bt", como em *súbdito*, *subtil* e derivados;

"g" da sequência "gd", como em "amígdala" e derivados;

"m" da sequência "mn", como em *amnistia*, *indemne*, *omnímodo*, *omnipotente*, *omniciente* etc. e derivados;

"t" da sequência "tm", como em "aritmética" e derivados.

No uso facultativo de acentos diferenciais em flexões verbais como *amámos*, *louvámos*, *dêmos* etc., com função diferenciadora do tempo verbal; e *averíguo*, *averíguas* etc. e *enxáguo*, *enxáguas* etc., com função deslocadora da tonicidade, conforme a pronúncia dominante local.

A dupla grafia se verifica igualmente em diversos casos não contemplados no texto do Acordo, nos quais se presume que prevalecerão os hábitos consolidados e a tradição lexicográfica de cada variante da língua.

Na adaptação deste livro, por exemplo, alteramos as seguintes palavras sem o amparo da norma unificadora: *acobardar* > acovardar, *connosco* > conosco, *connotado* > conotado, *controlo* > controle, *cuspo* > cuspe, *dezasseis* > dezesseis, *hormonas* > hormônios, *massajar* > massagear, *registar* > registrar. Além disso, adaptamos nomes como *Estaline* > Stálin, *Havai* > Havaí, *Lenine* > Lênin, *Roterdão* > Roterdã, e grafamos com inicial minúscula os nomes de meses e estações do ano, que no âmbito luso-africano se tem por norma grafar com inicial maiúscula.

SOBRE JORGE ARAÚJO

Jorge Araújo nasceu em 1959, na cidade do Mindelo, ilha de São Vicente, no arquipélago de Cabo Verde. Cursou Comunicação e Teatro na Universidade Católica de Louvain, na Bélgica e começou sua carreira como jornalista na televisão de seu país. Depois uma breve passagem pela carreira diplomática, conseguiu seu principal objetivo, que era dedicar-se à reportagem. Desde então, cobriu diversos conflitos armados, sobretudo na África, e foi um dos quatro jornalistas portugueses que permaneceram em Timor-Leste depois da onda de violência que atingiu o país em 1999. Recebeu o Grande Prêmio Gazeta do Clube de Jornalistas, em 1999, e o Prêmio AMI "Jornalismo Contra a Indiferença", em 2003. É autor dos livros *Timor, o insuportável ruído das lágrimas* (2000) e *O dia em que a noite se perdeu* (2008), além daqueles em parceria com Pedro Sousa Pereira: *Comandante Hussi* (2003, Grande Prêmio Gulbenkian de Literatura para Crianças e Jovens, publicado no Brasil pela Editora 34 em 2006), *Nem tudo começa com um beijo* (2005) e *Paralelo 75* (2006).

SOBRE PEDRO SOUSA PEREIRA

Pedro Sousa Pereira nasceu em 1966, em Luanda, capital de Angola, e se criou na cidade do Porto, Portugal. Sua infância foi determinada pelo espírito de liberdade e criatividade cultivado pelos pais, ambos artistas plásticos. O gosto pela ilustração nasceu muito cedo, influenciado pela leitura dos heróis de histórias em quadrinhos, especialmente Corto Maltese. A certa altura, a aventura falou mais alto e o levou ao jornalismo, primeiro na Rádio Nova, no Porto, e na Rádio Macau, depois na SIC (Sociedade Independente de Comunicação) e na Agência Lusa. Atualmente divide seu trabalho entre as notícias e a ilustração. Além dos livros de seu amigo Jorge Araújo — que conheceu em Díli, no Timor-Leste, em 1999 —, ilustrou também uma nova edição de *Mensagem*, de Fernando Pessoa, em 2006.

COLEÇÃO 34 INFANTO-JUVENIL

FICÇÃO BRASILEIRA

*Histórias de mágicos
e meninos*
Caique Botkay

O lago da memória
Ivanir Calado

A lógica do macaco
Anna Flora

O Clube dos Sete
Marconi Leal

Perigo no sertão
Marconi Leal

O sumiço
Marconi Leal

O país sem nome
Marconi Leal

Tumbu
Marconi Leal

Confidencial
Ivana Arruda Leite

As mil taturanas douradas
Furio Lonza

Viagem a Trevaterra
Luiz Roberto Mee

Crônica da Grande Guerra
Luiz Roberto Mee

A pequena menininha
Antônio Pinto

Pé de guerra
Sonia Robatto

*A invenção do mundo
pelo Deus-curumim*
Braulio Tavares

A botija
Clotilde Tavares

FICÇÃO ESTRANGEIRA

Cinco balas contra a América
Jorge Araújo e
Pedro Sousa Pereira

Comandante Hussi
Jorge Araújo e
Pedro Sousa Pereira

*Eu era uma adolescente
encanada*
Ros Asquith

O dia em que a verdade sumiu
Pierre-Yves Bourdil

O jardim secreto
Frances Hodgson Burnett

A princesinha
Frances Hodgson Burnett

O pequeno lorde
Frances Hodgson Burnett

Os ladrões do sol
Gus Clarke

Os pestes
Roald Dahl

*O remédio maravilhoso
de Jorge*
Roald Dahl

James e o pêssego gigante
Roald Dahl

O BGA
Roald Dahl

O Toque de Ouro
Nathaniel Hawthorne

Jack
A. M. Homes

A foca branca
Rudyard Kipling

Rikki-tikki-tavi
Rudyard Kipling

Uma semana cheia de sábados
Paul Maar

*Diário de um adolescente
hipocondríaco*
Aidan Macfarlane e
Ann McPherson

O diário de Susie
Aidan Macfarlane e
Ann McPherson

Histórias da pré-história
Alberto Moravia

Cinco crianças e um segredo
Edith Nesbit

Carta das ilhas Andarilhas
Jacques Prévert

Histórias para brincar
Gianni Rodari

*Trio Enganatempo:
Cavaleiros por acaso
na corte do rei Arthur*
Jon Scieszka

*Trio Enganatempo:
O tesouro do pirata Barba Negra*
Jon Scieszka

*Trio Enganatempo:
O bom, o mau e o pateta*
Jon Scieszka

*Trio Enganatempo:
Sua mãe era uma Neanderthal*
Jon Scieszka

Chocolóvski: O aniversário
Angela Sommer-Bodenburg

Chocolóvski:
Vida de cachorro é boa
Angela Sommer-Bodenburg

Chocolóvski: Cuidado,
caçadores de cachorros!
Angela Sommer-Bodenburg

O maníaco Magee
Jerry Spinelli

Histórias de Bulka
Lev Tolstói

O cão fantasma
Ivan Turguêniev

A pequena marionete
Gabrielle Vincent

Norte
Alan Zweibel

POESIA

Histórias com poesia,
alguns bichos & cia.
Duda Machado

Tudo tem a sua história
Duda Machado

O flautista misterioso
e os ratos de Hamelin
Braulio Tavares

A Pedra do Meio-Dia
Braulio Tavares

Mandaliques
Tatiana Belinky

Limeriques das causas e efeitos
Tatiana Belinky

Limeriques
do bípede apaixonado
Tatiana Belinky

O segredo é não ter medo
Tatiana Belinky

TEATRO

As Aves
Aristófanes

Lisístrata ou *A Greve do Sexo*
Aristófanes

Pluto ou
Um deus chamado dinheiro
Aristófanes

ESTE LIVRO FOI COMPOSTO EM LUCIDA SANS
PELA BRACHER & MALTA, COM CTP DA FOR-
MA CERTA E IMPRESSÃO DA BARTIRA GRÁFICA
E EDITORA EM PAPEL ALTA-ALVURA 75 G/M^2
DA CIA. SUZANO DE PAPEL E CELULOSE PARA
A EDITORA 34, EM MAIO DE 2008.